Humor für die Pause

AF176552

Philipp Kauthe

Humor für die Pause

80 heitere Satire-Häppchen

Bibliografische Information der Deutschen Nationalbibliothek:
Die Deutsche Nationalbibliothek verzeichnet diese Publikation in der
Deutschen Nationalbibliografie; detaillierte bibliografische Daten sind
im Internet über dnb.dnb.de abrufbar.

© 2020 Philipp Kauthe
Satz, Herstellung und Verlag: BoD – Books on Demand, Norderstedt
ISBN: 978-3-7519-9973-1

Vor Beginn des Anfangs starten wir mit dem Auftakt

Die gute Nachricht zuerst: Sie können die 80 Glossen in diesem Büchlein in beliebiger Reihenfolge lesen. Das haben der Papst, der Geheimdienst CIA und das Präsidium des Deutschen Fußball-Bundes einhellig genehmigt.

Noch besser ist es, zunächst nur die Texte mit einer geraden Nummer zu lesen. Die Glossen mit ungerader Zahl sollten nur bei Nebel, Wolfsgeheul, Vollmond und nur von Menschen mit Sternzeichen Feierabend Aszendent Wochenende gelesen werden. Aber das ist nur eine Empfehlung, keine Pflicht.

Die schlechte Nachricht ist, dass es keine schlechte Nachricht gibt. Also blättern Sie am besten gleich um. Aber nehmen Sie bitte kein Blatt vor den Mund. Der Autor tut es auch nicht.

1. Mitleid mit Robotern!

Es ist vollbracht! Unsere Zivilisation ist wieder einen Schritt weiter. Bislang soll es in einigen Industrienationen mancherorts durchaus üblich gewesen sein, Roboter in Seniorenheimen einzusetzen. Die Maschinen sollten den betagten Damen und Herren ein bisschen Gesellschaft leisten. Denn die Bewohner in Seniorenheimen fühlten sich ja häufig sehr einsam. Nun haben die Roboter aber menschliche Züge angenommen, brauchten demzufolge selbst immer mehr Hilfe – und genau dafür haben scharfsinnige Forscher und Politiker eine Lösung ausgeheckt. Künftig wird es Menschen geben, die einsamen Robotern Gesellschaft leisten.

Man stelle sich nur einmal das Leben eines Roboters vor: Eintönig, arbeitsreich, hart, entbehrend und ohne Freund und Gevatter. Doch jetzt halten sich landauf, landab mit Tatendrang angefüllte Bundesfreiwilligendienstler bereit. Die sozial engagierten Männer und Frauen sind künftig im Einsatz, um vereinsamten Robotern das Leben zu versüßen. Das tun sie in Werkshallen, an Fließbändern und in der Logistik. Sie dürfen den putzigen Maschinen Geschichten vorlesen (Roboter sollen am liebsten Science Fiction mögen), dürfen ihnen Lieder vorträllern und sie vor allem streicheln und liebkosen. Inzwischen ist gar angedacht, den in der Pflege eingesetzten Robotern täglich eine Stunde Pause zu gönnen. Während dieser Stunde sollen die Bundesfreiwilligen den Robotern eine Massage angedeihen lassen oder mit ihnen Rumba tanzen. Auch Meditationsräume für Roboter befinden sich mittlerweile im Bau. Ist es nicht

herrlich, Zeitzeuge und Mitglied einer so fortschritt-
lichen Nation zu sein?!

2. Wöchentlicher Trainerwechsel

Die Fußball-Bundesliga wird bald noch spannender,
noch packender und noch mitreißender. Die Zeiten, da
nur einmal im Monat irgendein Verein seinen Trainer
gefeuert hat, waren ja langweilig und gehören Fortuna
sei Dank der Vergangenheit an. Ein neuer Spielmodus
sieht vor, dass die Vereine praktisch jede Woche einen
neuen Trainer bekommen. Wie das funktioniert? Ganz
einfach. Die Übungsleiter sind vertraglich nicht mehr
an einen Verein, sondern an einen Tabellenplatz gebun-
den. Ein Trainer coacht also eine ganze Saison über die
Mannschaft auf Tabellenplatz 4, egal welches Team diesen Platz nun gerade innehat. Das bringt Frische ins
Geschäft. Oder möchten Sie in der S-Bahn jeden Tag
vom selben Prüfer kontrolliert werden? Leihläden machen es uns doch vor: Dort können Kunden für drei
Wochen gegen eine Leihgebühr ein Kleidungsstück erwerben und es anschließend wieder zurückgeben. Somit
haben sie immer ein neues Outfit. Diese Rotation würde
in der Bundesliga zu völlig neuen Gesprächen auf Trai-
nerseminaren führen. »Wollen wir uns in drei Wochen
in Dortmund auf ein Bier treffen? Ich bin zu der Zeit
gerade BVB-Trainer.« - »In drei Wochen? Tut mir leid,
da werde ich schon beim VfL Wolfsburg unter Vertrag
sein. Aber die Woche darauf trainiere ich Schalke, das
ist in der Nähe!« – »Das hilft leider nicht, bis dahin hat

mich schon längst der VfB Stuttgart unter Vertrag genommen«. Und die darauffolgende Saison wird im deutschen Fußball noch spannender: Da werden die Fans in die Rotation eingebunden und wechseln wöchentlich die Mannschaft, der sie zujubeln. Bis es Schlagzeilen gibt wie: Hertha BSC Berlin trennt sich von seinen Fans.

3. Strafzettel

Reden wir über eine Zeit, die Kinderherzen höher schlagen lässt. Die höchsten und heiligsten Tage, an denen sich üblicherweise die Familie versammelt. Das Fest der Liebe, der Gemeinschaft und des Beisammenseins: Ja, ich rede von der Fußball-Weltmeisterschaft. Während einer Fußball-WM tauschen kleinere Kinder, ältere Kinder und auch ganz alte Kinder, bekannt als Männer, untereinander Fotos der Fußball-Nationalspieler. Sie sammeln all diese Bilder und kleben sie dann in ein Heft. Nun ist es kein Geheimnis, dass Kommunen Geld brauchen. Wieso sollte man nicht die Festtage einer Fußball-WM, Tage also, an denen alle den kleinen Fotos der Fußball-Nationalspieler hinterherjagen, sinnvoll nutzen, um die Stadtkasse zu füllen? Das Konzept wäre ganz simpel: Falschparker werden bekanntlich mit einem Strafzettel, einem Knöllchen, sanktioniert. Nun ließe sich doch die Liebe der Männer zum Fußball nutzen, um die kommunalen Haushalte zu sanieren. Auf der Rückseite eines jeden Strafzettels müsste nur das Konterfei eines Nationalspielers abgedruckt sein. Und schon würden Millionen von Männern in den betroffenen Gemeinden absichtlich verkehrt parken. »Ede, warum stellst Du Deine Karre schon wieder ins Halteverbot?« – »Ich hoffe, endlich den Strafzettel mit dem Nationaltorwart auf der Rückseite zu bekommen. Der fehlt mir nämlich noch«.

Alle Garagen, alle Parkplätze und alle P+R-Häuser stünden leer. Die Halteverbote dagegen wären vollgestopft mit Autos. Die Stadt würde emsig Knöllchen verteilen und die Männer hätten nach wenigen Wochen konsequenten Falschparkens die Fotos der gesamten Nationalmannschaft beisammen. Manchmal kann es so einfach sein, fürs Allgemeinwohl zu sorgen.

4. Meetings

Früher wurde in modernen Unternehmen gearbeitet. Die Belegschaft hat geschwitzt, geackert und malocht. Heute bleibt in Unternehmen für Arbeit einfach keine Zeit mehr. Dafür wird mehr geredet. Es ist eine neue Disziplin, die die Hochschulabsolventen nun in die Betriebe getragen haben. Diese Emporkömmlinge pflegen so genannte Meetings.

Ein Meeting beginnt in der Regel damit, dass ein Teilnehmer einen Vortrag über den momentanen Zustand des Unternehmens hält. Nach dem momentanen Zustand wird die aktuelle Situation beschrieben. Da mischen sich dann schon die anderen Teilnehmer ein. Daraufhin folgt der dritte Tagesordnungspunkt. Nach dem momentanen Zustand und der aktuellen Situation wird nämlich die vorherrschende Lage erörtert. Das ist der Punkt, der die meiste Zeit in Anspruch nimmt. Da rauchen regelrecht die Köpfe. Dabei ist rauchen im Konferenzzimmer verboten. Egal!

»Phantastisch«, frohlockt der Unternehmenschef, »nun haben wir über den momentanen Zustand, die aktuelle Situation und die vorherrschende Lage gesprochen. Jetzt sollten wir uns noch über den derzeitigen Stand unseres Betriebes austauschen«. Wieder rauchen die Köpfe, und zwar so stark, dass die Rauchmelder abgedeckt werden müssen. »Einen Punkt haben wir aber noch gar nicht besprochen«, bemerkt ein Teilnehmer, »wir haben noch nichts über den Status Quo unseres Betriebes gesagt«. »Ein wichtiger Punkt«, gibt der Chef zu, »aber vorher sollten wir über die Ausgangsbasis debattieren«.

5. Rote Ampeln

Jeder Augenblick des Lebens will genutzt sein. Carpe diem, heißt es seit Jahrtausenden. Nutze den Tag – und lerne immer wieder etwas hinzu. Wir dürfen keine Minute sinnlos verstreichen lassen. Eben dies nehmen sich mehrere Bundesländer zu Herzen. Sie haben neue Wege in der Weiterbildung ihrer Bürger aufgetan. Es ist hinlänglich bekannt, dass viele Bürger in Steuerfragen enorme Wissenslücken aufweisen. Doch jetzt gibt es eine Lösung.

Staatlich zertifizierte Kenner des Steuersystems sollen die Zeit an roten Ampeln nutzen, um die Autofahrer, die voller Ungeduld ihre Finger auf das Lenkrad trommeln lassen und gebannt auf die Ampel starren, mit einigen Paragraphen vertraut zu machen. So geschieht es regelmäßig, dass ich an roten Ampeln halte und daraufhin ein staatlich geprüfter Nachhilfelehrer an meine Scheibe klopft. Ich öffne das Fenster und er brüllt mich an: »Eine Pensionsrückstellung darf erstmals gebildet werden nach Eintritt des Versorgungsfalls für das Wirtschaftsjahr, in dem der Versorgungsfall eintritt. Paragraph 6a, Absatz 2, Einkommenssteuergesetz«. »Zu Befehl«, kreische ich zurück und im selben Moment hüpft mir der Lehrmeister auch schon von der Seite, denn die Ampel leuchtet nunmehr gelb und ich mache mich fahrbereit.

Schon an der nächsten Kreuzung verbietet mir erneut eine rote Ampel die Weiterfahrt, ich halte an und lasse einmal mehr das Seitenfenster herunter, denn schon sprintet ein weiterer Erzieher zu mir. Er ruft mir zu: »Zu den Einkünften aus nichtselbstständiger Arbeit gehören neben Gehältern und Löhnen auch Wartegelder, Ruhegelder, Witwen- und Waisengelder. Paragraph 19, Absatz 2 – Einkommenssteuergesetz«. »Sehr wohl«, rufe ich zurück und schließe mein Fenster an der Fahrerseite des Autos, wiederhole dabei aber im Stillen für mich den eben gehörten Satz. Wie schön, dass wir Bürger selbst an einer roten Ampel noch etwas lernen können und die Wartezeit sinnvoll nutzen können«.

6. St. Nimmerleinstag

Freizeit ist etwas Wunderbares. Und bald werden viele von uns noch mehr Freizeit genießen können. Millionen Bürger unseres Landes bekommen einen zusätzlichen

Urlaubstag. Im Landesparlament ist heute heftig darüber gestritten worden, ob der St. Nimmerleinstag gesetzlicher Feiertag werden soll. Die Regierung war sofort dafür: Der St. Nimmerleinstag sei so oft in aller Munde und habe allein dadurch eine solch überragende Bedeutung bekommen, dass an Arbeit an diesem Tage nicht zu denken sei. Vielmehr könnten die Bürgerinnen und Bürger endlich all die Dinge verrichten und Angelegenheiten in Angriff nehmen, die das ganze Jahr über liegen geblieben waren. Die Opposition war nach einigem Grummeln ebenfalls dafür, den St. Nimmerleinstag zu einem staatlichen Feiertag zu erklären. Allerdings nur unter der Voraussetzung, dass dieser zwischen Heiligabend und dem 24. Dezember abzuhalten sei. Die Regierung wiederum erklärte sich damit promot einverstanden und somit ist schon absehbar, dass – sollte der St. Nimmerleinstag auf einen Donnerstag fallen – die meisten von uns ein verlängertes Wochenende genießen können.

7. Warnhinweise

Wir alle kennen die zehn Gebote. Und eines dieser Gebote lautet: Du sollst nicht rauchen. Dennoch latschen Millionen von Menschen mit einem Glühstängel zwischen ihren Zähnen durch diese Welt oder eilen in der Mittagspause auf die Terrasse an die frische Luft, um sich dortselbst nach einer erquickenden Sauerstoffzufuhr den Tabak durch den Rachen zu ziehen. Die Warnhinweise auf den Packungen haben ihren Zweck offensichtlich nur bedingt erfüllt.

Warum jedoch stehen einzig auf Zigarettenschachteln Hinweise wie »dieses Produkt tötet!« oder »der Inhalt bringt Sie um«? Wäre es nicht an der Zeit, viel mehr Produkte mit Warnhinweisen zu versehen? Orangensaftpackungen zum Beispiel sollten mit der Aufschrift versehen werden: »Vorsicht! Beim Öffnen und beim ersten Gebrauch produziert die Packung eine mittlere Überschwemmung in Ihrer Küche«. Auf Kugelschreiber gehört gefälligst der Hinweis: »Vorsicht! Dieser Gegenstand wird gerne von Kollegen im Büro auf unauffälligste Weise geklaut«. Kleine Regenschirme müsste ein Schildchen zieren mit der Botschaft: »Diesen Artikel werden Sie bei Ihrer nächsten Busfahrt vergessen und alleine aussteigen«. Auf Fernsehgeräte muss ein dezenter Zettel mit den Worten »Sie Trottel sind sowieso zu blöd, den Senderdurchlauf starten zu lassen« angebracht werden und auf Kochtöpfe muss ein für alle Mal der Warnhinweis »Achtung! Dieser Gegenstand wird Ihnen im kommenden Jahr mindestens zweimal auf den Zeh fallen – und Sie werden humpeln« geklebt werden. Solche Sicherheitsaufrufe würden die Verbraucher in angemessener Weise schützen. Gleich morgen rufe ich die Verbraucherzentralen an.

8. Lange Nacht des Schlafes

Die deutschen Museen wiesen einst trostlose, menschenleere Flure und seelenverlassene Räume auf. Kein Besucher setzte mehr einen Fuß in das Ausstellungsgebäude. Bis die Museumsleiter auf die pfiffige Idee kamen, die

Öffnungszeiten bis Mitternacht auszuweiten und eine »Lange Nacht der Museen« zu veranstalten. Prompt war die Bude voll. Seither gibt es Lange Nächte des Lesens, des Wissens, Lange Nächte der Technik und die Lange Nacht der Theater.

Jetzt wartet meine Heimatkommune mit einem neuen, originellen Einfall auf: Kommende Woche lockt die Lange Nacht des Schlafes.

Alle Bewohner unserer Stadt sind verpflichtet, um 19 Uhr das Bett aufzusuchen und zu schlafen. Die Stadtwerke stellen pünktlich den Strom ab, sodass niemand auf die Idee kommt, elektrische Geräte wie Fernseher oder Tischlampen zu nutzen. Über die Notfalllautsprecher erklingen Einschlaflieder mit Engelsstimmen und Harfenklängen. Alle Haushalte sind über die mobilen Telefone der Bewohner mit Abhörsensoren ausgestattet. Wird unter der Bettdecke zu lange getuschelt, bekommt die Behörde eine Meldung, ruft den betroffenen Haushalt an und ein Mitarbeiter bellt ins Telefon: »Halten Sie endlich Ihre Klappe. Jetzt wird geschlafen«. Eigentlich hätte die Lange Nacht des Schlafes schon vergangenes Jahr stattfinden sollen. Die Organisatoren aber hatten den Anmeldetermin schlichtweg verschlafen.

9. Begeisterte Fans

Wenn man etwas haben möchte, muss man etwas dafür tun. Und wenn man eine Nacht auf der Straße schlafen muss. In Großbritannien haben einst Tausende Fans von Harry Potter in langen Warteschlangen vor Buchhandlungen ausgeharrt, um eine Erstausgabe des neuen Bandes zu ergattern. Aber was sind schon schlichte, einfältige Buchleser gegen moderne Liebhaber von Smartphones?! Die setzen nämlich noch eins drauf und übernachten in Schlafsäcken vor den Pilgerstätten, um am frühen Morgen beim Verkaufsstart sofort ein neues Modell des Kommunikationswinzlings an sich zu reißen. Warum können sich die Konsumenten unserer Volkswirtschaft nicht auch für andere Produkte so hingebungsvoll begeistern?

Man stelle sich vierköpfige Familien vor, die sich in Zelten und auf Isomatten vor einer Versicherung die Nächte um die Ohren schlagen, um zum Anbruch der Öffnungszeiten als Erste die neue Police zu ergattern. »Ich habe den neuesten Langzeittarif, ohne Ausstiegsklausel«, rufen sie dann den anderen 78 ausgehungerten und erschöpften Jüngern zu, die noch auf den Einlass ins Paradies warten. Und so sage ich Euch, wahrlich: Es wird der Tag kommen, da Hundebesitzer mit ihrem Kläffer und Katzensklaven mit ihrem Wuscheltiger tagelang in Schlafsäcken vor Spezialhandlungen campieren, Schnee, Hagel und Minusgraden trotzend, um beim Verkaufsstart ihren Schmuseschnauzen die neueste Fleischstückchenvariante aus der Dose zelebrieren zu können. Und siehe da, es strömen künftig Freizeittüftler aus aller Herren Regionen zusammen, bereit, sich in heißen Sommernächten auf Feldbetten vor einem Möbeltempel von Mücken zerstechen zu lassen, auf dass sie mit der neuesten Variante von Dübel und Schrauben gesegnet seien. Wer braucht schon Fans, wenn es erst euphorische

Kunden gibt, die unsere Volkswirtschaft derart in den Himmel emporheben?

10. Partygespräche

Die menschliche Kreativität ist überwältigend. Der Einfallsreichtum ist grenzenlos und dringt selbst bis in die tiefsten Ecken meiner Heimatstadt vor, obwohl diese wirklich schwer zu erreichen ist. Aber die Kreativität ist eben kreativ und sie kreiert sich ihre Wege derart, dass sie es sogar zu den Gartenpartys in unserer Nachbarschaft schafft. Dort mündet der Ideenfluss zu einem handfesten Satz. Schließlich ist bei solchen Festivitäten die unvorstellbar originelle Frage zu hören: »Und was machen Sie so beruflich?«.

Eine solch überraschende, noch nie dagewesene und völlig neu aus der Taufe gehobene Frage erfordert eine ebenso bedeutungsschwere Antwort. Möglich wäre die Replik: »Ich arbeite nicht! Ich lasse mein Geld für mich arbeiten«. Ebenso könnte man antworten: »Im Beruf bin ich dienstlich, aber während meiner Profession arbeite ich«. Denkbar wäre auch die Erläuterung: »Ich leite eine Agentur zur Stärkung des Kaffeekonsums. Dass die Menschen hierzulande so wenig Kaffee trinken, muss geändert werden«. Eine so abstruse Erläuterung wie »Ich bin headhunter für headhunter. Ich suche Personen, die dann wiederum für Jobs Personen suchen« klingt zwar verrückt. Das wirklich atemberaubende ist jedoch, dass Ihr Gesprächspartner niemals an einem solchen Berufsbild zweifelnd wird. Er wird sich aufrichtig mit Ihnen

freuen. Fragen Sie dann bitte lieber nicht, was er beruflich macht.

11. Rankingshows

In der Direktion eines regionalen Fernsehsenders knall-
ten vor drei Tagen die Sektkorken. Ein Quotenerfolg
wurde gefeiert. Den Verantwortlichen des Senders war
ein echter Straßenfeger gelungen. Und bitte sagen Sie
nun nicht, Sie hätten diese Sendung verpasst. Das wäre
eine eklatante Wissenslücke. Für alle, die der irrigen An-
nahme sind, es gebe etwas Wichtigeres als Fernsehkon-
sum, sei das Format hier kurz erläutert – damit Sie auf
der nächsten Party mitreden können.

Rankingshows im Fernsehen sind abgehangen und
verstaubt. Die 10 lustigsten Pannen, die 10 wichtigsten
Bauwerke, die 10 bedeutendsten Solomusiker, die 10
leckersten Gerichte – Sendungen mit derartigen Aufzählungen sind mitunter so mitreißend wie die lokale
Kleingartenverordnung. Umwerfend dagegen war das
jüngste TV-Format: Eine Rankingshow über die beliebtesten Rankingshows.

Die Macher stellten eine Rangfolge der beliebtesten
Rangfolgensendungen auf. Prominente kommentierten
Platz fünf mit den Worten: »Die Dokumentation über
die zehn dicksten Saharatiere habe ich damals gesehen,
als ich frisch in meine Wohnung eingezogen war«. Stars
unseres Landes bewerteten etwa Rang drei mit der Ein-
schätzung: »Oh ja, Rankingshow über nutzloseste Haus-
haltsgeräte – die erste Sendung, die ich von meiner neuen

Fernsehcouch geschaut habe«. Auf Platz zwei in dieser Dokumentation schaffte es übrigens die Rankingshow über die effektivsten Staubputzmethoden. Aber im Vergleich aller Vergleichsshows auf Platz eins landete eine Sendung über die zehn unbekanntesten Deutschen. Eine Rankingshow, die die Bundesbürger mit dem niedrigsten Bekanntheitsgrad der Reihe nach vorstellte. Von diesen Protagonisten soll es inzwischen übrigens Autogrammkarten geben.

12. Emotionen

Vorbei sind die Zeiten, da man hart, kühl und unnahbar sein musste. Heute darf man Gefühle zeigen. Und Millionen von Menschen tun dies in ihren täglichen Mitteilungen. Keine Kurznachricht, die über moderne Kommunikationswege via Email, SMS oder ein anderes System verschickt wird, kommt ohne kleine Gesichter aus. Nahezu jeder Satz wird nicht mit einem Punkt beendet, was altmodisch wäre, sondern mit einem lachenden, einem traurigen oder einem wütenden Gesicht. Dies soll künftig auch für Nachrichtensprecher im Fernsehen gelten.

Ein regionaler TV-Sender will es den Präsentatoren seiner Abendnachrichten zur Pflicht machen, jede Meldung mit einem emotionalen Gesichtsausdruck zu kommentieren, was für mehr Lebendigkeit und höhere Zuschauerzahlen sorgen soll. Der Sieg des heimischen Fußballvereins wird mit einem breiten Grinsen und einem dezenten Schluckauf des Sprechers quittiert. Sinkende

Touristenzahlen in der Region muss der Präsentator mit bis in den Keller hängenden Mundwinkeln abrunden, wobei ein nach unten gesenkter Daumen und ein leises Schluchzen nicht fehlen dürfen. Liest der Nachrichtensprecher eine Meldung, die er selbst nicht versteht, darf er anschließend seinen Zeigefinger sachte auf die geschlossenen Lippen legen und mit kullernden Augen Richtung Studiodecke heraufschauen. Die Schultern dürfen dabei leicht zucken. Liest der Präsentator eine Meldung über höhere Parkgebühren, darf sein Gesicht rot anlaufen, seine Miene darf sich verfinstern, seine Augen dürfen zu Schlitzen werden und er darf zu fauchen beginnen. Dies alles dient dem besseren Verständnis, da Worte nicht mehr genügen.

13. Strumpf-Erlass

Die Landesregierung sorgt dieser Tage mit einem Erlass für heftige Diskussionen. Das Kabinett hat jüngst beschlossen, dass im Eingangsbereich eines jeden Dienstgebäudes ein Strumpf hängen soll. Alle Landesämter, alle Landesbehörden im gesamten Bundesland sind aufgefordert, entsprechend zu verfahren und über jeder Eingangstür einen Strumpf anzunageln.

Der Ministerpräsident gab zur Begründung an, Strümpfe seien schließlich identitätsstiftend für unsere Bevölkerung. Millionen von Menschen in unserem Bundesland würden täglich Strümpfe tragen, allerdings gut versteckt in Schuhen, wo sie niemand sieht. Da Strümpfe aber im Alltag der Bevölkerung eine solch enorme Rolle spielen, sei es an der Zeit, sich offen zu seinen Gewohnheiten zu bekennen. Das Tragen von Strümpfen, so der Ministerpräsident, gehöre zu den Grundwerten unseres Bundeslandes, sei gleichsam die DNA unserer Bewohner, und Zuwanderer sollten sofort die Charakteristika unserer Gesellschaft erkennen und akzeptieren.

Die Opposition war völlig von den Socken. Sie warf dem Ministerpräsidenten vor, er wolle mit seinem Erlass vor allem der heimischen Strumpfindustrie auf die Sprünge helfen. Außerdem könnten sich Menschen in Flipflops oder Sandalen diskriminiert fühlen. Inzwischen haben sich mehrere Initiativen gegründet, die für kommenden Samstag Demonstrationsmärsche durch die größten Städte unseres Bundeslandes angekündigt haben und sich auf die Socken machen wollen. Ein Sprecher der Initiative »Strumpffreie Amtsstube« sagte, er hoffe, die Protestaktionen seien nicht für die Füß′.

14. Das Orakel

In Zeiten großer Fußballturniere stehen nicht etwa Fußballspieler, sondern Tiere im Mittelpunkt des Interesses. Karpfen, Hunde, Katzen, Kanarienvögel und sogar Igel sind die heimlichen Stars von Europa- oder Weltmeisterschaften. Schließlich kennen sie die Zukunft. Alles beginnt damit, dass man ihnen zwei Näpfe mit Futter serviert. Stürzt sich das Tier auf den rechten Napf, gewinnt Fußballmannschaft A, schlecken Dogge, Hase, Waschbär und Co den linken Napf leer, soll Mannschaft B als Sieger vom Platz gehen. Diese Form des Orakels findet nun in immer mehr gesellschaftlichen Teilbereichen Anwendung. Etwa bei einem Geschäftsessen.

In einem der exquisitesten Restaurants unserer Stadt soll der anbietende Vertriebsleiter im Gespräch mit einem wichtigen Kunden nicht nur eine, sondern gleich zwei Hühnersuppen bestellt haben – ohne seinen Tischgast vorher zu warnen. Dieser Geschäftspartner blickte erst den linken und dann den rechten Teller an und machte sich angefüllt mit hektischer Betriebsamkeit daran, den linken Teller auszulöffeln. Der Vertriebsleiter sprang vom Stuhl auf und tanzte vor Freude um den Tisch, denn dass sein Kunde aus der linken Schüssel löffelte, bedeutete für seinen Betrieb einen Umsatz in Millionenhöhe. Das Löffeln aus der rechten Schüssel seitens des Kunden hätte noch zwei weitere Gesprächsrunden nach sich gezogen. Künftig müssen Schüler bei Abiturprüfungen ihren Lehrern zwei Teller mit Kartoffelbrei aufs Pult stellen. Macht sich der Pädagoge an den Verzehr der linken Portion, hat der Schüler bestanden. Löffelt der Lehrer die rechte Portion, muss der Schüler eine Kochlehre starten.

15. Historischer Dopingfall

Die Fans einer allseits beliebten Zeichentrickfigur müssen jetzt sehr stark sein. Gerne würde ich den Anhängern dieser kecken und liebenswerten Figur eine bittere Wahrheit ersparen, doch fühle ich die moralische Verpflichtung, Klartext zu reden, zumal wissenschaftliche Studien von Historikern hier keinen Raum für Zweifel lassen. Asterix war gedopt!

Es ist so hart und grausam wie es klingt. Der kleine, schlaue Gallier war der wohl erste Dopingsünder in der europäischen Geschichte. Das Ergebnis der B-Probe steht zwar noch aus. Aber von einem fairen Kampf mit den römischen Truppen könne dennoch keine Rede sein, heißt es in neuesten Studien historischer Fakultäten. Asterix hat regelmäßig vor dem Aufeinandertreffen mit römischen Legionären einen leistungssteigernden Trunk eingenommen und – an Dreistigkeit kaum zu überbieten – damit noch öffentlich geprahlt. Durch das Wirken einen Druiden namens Mirakulix kann von systematischem Doping im gallischen Dorf gesprochen werden. Diese neueste Erkenntnis von Historikern ist bereits im französischen Fernsehen veröffentlicht worden und hat Generationen von Asterix-Lesern rabenschwarze, tieftraurige Tage bereitet. Hunderte Fans versammelten sich in Nancy, Bordeaux, Avignon und Paris mit ihren Comicheften vor Buchhandlungen, lagen sich heulend in den Armen, schluchzten, dass Trauerlinden vor Enttäuschung ihre Äste noch tiefer hängen ließen und zündeten gar Kerzen an. Einziger Trost ist offensichtlich, dass Asterix nicht die einzige gedopte Figur in der Geschichte der Kämpferhelden ist. Kommende Woche wollen Historiker auf einer Pressekonferenz über einen weiteren aufgedeckten Dopingfall in der Comicwelt berichten. Denn auch die Gummibärenbande hat demnach einen leistungssteigernden Saft eingenommen.

16. Motorgeräusche

Wenn die Sonne untergeht, wenn die ersten Sterne am Himmel leuchten, wenn der Mond voller Eleganz am Himmel strahlt, nannte man dies früher die Stunde der Wölfe. Irgendwo im fernen Tal war das Heulen eines Rudels zu hören. Heute ist das anders. Wenn die Nacht hereinbricht, dann heulen keine Wölfe, sondern Motoren. Junge, coole, gestylte Autofahrer mit Gel in den Haaren brettern mit ihren tiefergelegten Wagen durch die Stadt und drehen den Motor derart auf, dass alle Passanten sich umdrehen. Die Fahrer dieser getunten Autos, auch Poser genannt, wollen allen zeigen, welch starke Macker in ihnen stecken. Das Entsetzen der Leute freut sie. Und so habe auch ich beschlossen, mich dieser Gruppe von Angebern anzuschließen und meine Motoren dröhnen zu lassen.

Ich möchte all meinen Nachbarn zeigen, welch fleißiger Hausmann in mir steckt. So lasse ich den Staubsauger dreimal täglich für 20 Minuten laut pusten und heulen. Es genügt, den Staubsauger in den Flur zu stellen und das Gerät einzuschalten. Entscheidend ist einzig und allein der Dezibel-Wert der kleinen Maschine. Je lauter der kleine Fuselfiesling dröhnt, desto eher versinken meine Wohnungsnachbarn in Minderwertigkeitsgefühlen. An ungeraden Tagen krame ich – schließlich bin ich ein richtiger Poser, ein knallharter Typ, ein Muskelkerl – meine Bohrmaschine hervor und lasse auch diese einfach für zwölf Minuten rattern und quietschen. Seitdem ist es für mich ein Leichtes, im Aufzug beim Aufeinandertreffen mit Nachbarn meine Nase höher zu tragen und mein Kinn hervorzustrecken. Cool sein kann eben nicht jeder.

17. Weihnachten wird verschenkt

Jedes Jahr in den Sommerferien kommt es zu einem Schwur. Millionen Familien – und es werden ihrer jedes Jahr mehr – beschließen auf dem Campingplatz im Sommerurlaub: »Schau, wie wenig man doch zum Leben braucht. An Weihnachten schenken wir uns dieses Jahr nichts!« Alle nicken bedeutungsschwer mit dem Kopf.

Doch dann beginnen Handelskonzerne ihren Kampf gegen den privaten Schwur vieler Familien. Kurz vor Weihnachten, meist Mitte September, reihen sie die ersten Schokonikoläuse in den Supermarktregalen auf. Die Fernseh- und Onlinewerbung lässt wie zufällig im Adventsgeschäft, also Mitte Oktober, die ersten Weihnachtsmänner durch die Werbung stolpern. Prompt kommt jedes einzelne Individuum mit sich überein, nur eine Kleinigkeit für das Fest der Feste zu besorgen, kein Geschenk, sondern eine winzige symbolische Geste der Zuneigung, nicht der Rede wert. Und schließlich kramt Vati an Heiligabend Spielekonsolen, Tickets für eine New-York-Reise und ein Kochset mit sieben Töpfen aus seinem Versteck hervor. Von Mutti gibt es eine rein symbolisch gemeinte Dauerkarte für die Bundesliga, ein Wellnesswochenende und einen Pudel für die Kleinen. »Das ist kein Geschenk, das ist nur so«, beschwichtigt Mutti, während sie zaghaft vor ihrem Bauch ihre Hände schüttelt. Einzig auf Opa ist Verlass. Er gehört noch zu einer Generation, die Wort hält und hat den sommerlichen Schwur vom Campingplatz konsequent befolgt. Verwirrt stammelt er: »Aber wir wollten uns doch nichts…Wohin soll das nur führen, wenn alle aus Liebe handeln, sich aber niemand an Absprachen hält?«

18. Das Begrüßungs-NA

Die Amerikaner sagen: Hi! In Spanien sagt man: Ola! Der Ostfriese sagt: Moin.

Und auch alle anderen Deutschen haben neuerdings eine eigene, modische Begrüßungsformel. Haben sie einander längere Zeit nicht gesehen und treffen erstmals seit vielen Tagen wieder aufeinander, sagen sie nicht einfach »Hallo«, nein! Sie schieben noch einen zweiten Teil der Begrüßungsfloskel hinterher. Sie ergänzen das freundliche »Hallo« mit einem fragenden »Na?«. Wichtig ist es, beim Ausspruch des »NA?« mit der Stimme nach oben zu gehen und einen leichten Stimmschlenker im zweiten Drittel des Vokals A zu zelebrieren. Zwar hat das Wörtchen »NA« nur eine Silbe, es wird aber auf einen Tagesausflug im Umfang von drei Oktaven geschickt.

Dieses »NA?« vermittelt Lässigkeit und eine kumpelhafte Haltung. Führende Berufsgruppen machen es sich allmählich zur Gewohnheit, das geschmeidig-beiläufige »NA?« an den Anfang ihrer Rede zu setzen. Ein Marketingchef, der etwas auf sich hält, eröffnet das Meeting über die Verkaufszahlen mit einem freundlichen Blick in die Runde und einem fragenden »NA?«. Piloten sagen neuerdings über die Bordlautsprecher zu ihren Passagieren: »So, hier ist der Kapitän. NA?« Ich selbst nenne am Telefon, wenn ich angerufen werde, nicht mehr meinen Namen, sondern melde mich schlichtweg mit einem kurzen: »NA?«. Auch Pfarrer in der Kirche treten bedächtig und bedeutungsschwer an die Kanzel, schauen voller Mitgefühl und innerer Freude zu ihrer Gemeinde und leiten ihre Predigt ein mit dem Wörtchen »NA?«. Im kommenden Jahr werden wir in den Nachrichten folgenden Satz zu hören bekommen: Der Papst spendete im Vatikan den Segen Urbi et Orbi, doch als er auf den Balkon trat, blickte er zufrieden zu den Zehntausenden Gläubigen und ließ eine kleine Buchstabenkombination über seine Lippen hüpfen: »Na?«

19. Magische Maschinen

Maschinen erleichtern unser Leben derart, dass man sich fragt, wie lange wir die federzarte Leichtigkeit noch stemmen und tragen können. Es sind längst nicht mehr nur Kassierer, denen wir für ausgewählte Produkte unsere Kröten zustecken. In großen Handelshäusern rechnen wir unsere Einkäufe eigenständig ab und lassen die Taler abbuchen. Bankgeschäfte, die Aufnahme im Hotel und die Rückgabe von Pfandprodukten erledigen wir Kunden an eigens dafür vorgesehenen Automaten. Menschen bekommen wir nicht mehr zu Gesicht. Doch die mitschwingende Sorge über immer mächtiger werdende Maschinen wird von einer frivolen Entwicklung, einem goldenen Trend zur Seite gestoßen. Bald gibt es nämlich Saufroboter!

Diese kleinen Dinger soll es demnächst zum erschwinglichen Preis geben. Zur nächsten Kneipentour nimmt man diesen treuen, ergebenen Diener einfach mit, bestellt an der Bar einen gesunden Milchshake und lässt die vielen kleinen Gläser mit Whisky, Rum, Kognak und Wodka im Schlund des Saufroboters verschwinden. In der nächsten Bar lässt man sich grünen Tee bringen und schüttet Likör, Wein und Korn wiederum in den Saufroboter. So kann man auf dem Kiez zu nächtlicher Stunde von einer Kneipe zur nächsten ziehen, bis nachts um drei Uhr Alkohol bestellen und ist dennoch am nächsten Morgen nüchtern. Für den Alkoholkonsum gibt es schließlich die kleine Maschine. Ich freue mich schon darauf, Eigentümer eines solchen kleinen Trunkenboldes zu sein. Mit ihm an meiner Seite steht dem täglichen Barmarathon nichts mehr im Wege und trotzdem hüpfe ich am nächsten Morgen putzmunter zu Arbeit. Aufpassen müssen wir nur, wenn die Roboter eines Tages eine Gewerkschaft gründen, uns Menschen in die Fabriken an die Fließbänder abkommandieren und selbst Roboterreisen auf die Malediven oder Automatenausflüge in Wellnesshotels unternehmen. Vielleicht schreiben uns die Roboter dann wenigstens eine Postkarte.

20. Zertifikate

Die Franzosen lieben ihren Rotwein am Abend. Die Amerikaner lieben Football. Die Isländer lieben heiße Bäder und das Schwitzen in der Sauna. Auch die Deutschen haben eine Leidenschaft. Die Deutschen lieben

Zertifikate, Zeugnisse, behördliche Stempel und amtliche Beglaubigungen. Und diese Liebe reicht bis in den Alltag hinein. Da wollte ich doch erst kürzlich bei einer Bahnreise unter Aufbringung meines gesamten Mitgefühls einer älteren Dame dabei helfen, ihren schweren Koffer in den Zug zu wuchten, als sie mich anfauchte: »Hey, Sie Möchtegerncasanova! Haben Sie überhaupt ein Koffertragezertifikat? Nicht, dass Sie mit den Sachen davon laufen«.

Ein Autofahrer, dessen Wagen nicht starten wollte und den ich in einem obskuren Anfall von Nächstenliebe anschieben wollte, brüllte aus dem Fenster zu mir: »Finger weg von meinem Auto, Sie Schuft! Zeigen Sie mir erst einmal die Teilnahme-Bescheinigung an einem Auto-Starthilfe-Seminar. Nicht, dass Sie mir mein hinteres Kennzeichen abbrechen«. Auf der Geburtstagsfeier eines Bekannten wurde mir untersagt, eine kleine Rede zu halten, weil ich kein Rhetorikzertifikat vorweisen konnte. Daraufhin schrieb ich den Bischöfen, sie mögen bitte die Deutschen von ihrer Liebe zu Stempeln und Attesten heilen. Doch mein Anliegen wurde abgelehnt. Ich müsse vor der Kontaktaufnahme zu einem deutschen Bischof zunächst ein Fernstudium in Religionsphilosophie absolvieren und dann das Zeugnis vorweisen.

21. Flachwitz-Meldestelle

Die Regierung will die Bevölkerung mit allen Mitteln schützen. Selbst wenn der Bevölkerung die Fürsorge manchmal zu viel wird: Der Staat bleibt hart, um ein weiches Leben der Bürger durchzusetzen. So warnt sie im Internet vor bestimmten verdorbenen Lebensmitteln, auf einschlägigen Internetseiten können Staatsbürger auf Funklöcher für Mobiltelefone aufmerksam machen. Und neuerdings können Bürger gar schlechte Witze von Radiomoderatoren und Comedians melden.

Die Servicekräfte in der Beschwerdestelle für sinnfreie Wortspiele und magere Zoten haben alle Hände voll zu tun, um Gags und Kalauer wie diesen zu registrieren: »Was trank Joe Cocker am liebsten? Cocker Cola«. Erst gestern machte eine Bürgerin die Eingabe, der zufolge eine Hörfunkstimme gefragt habe, welches Lebensmotto ein Skelett habe: »Klappern gehört zum Geschäft«, Ein Comedian soll geschildert haben, er tanke sein Auto nie voll, er verzapfe es immer. Seine Hemden habe er in London gekauft, im Hampton Park und die besten Kuchen und Brötchen gebe es an der Gebäckabfertigung. Auch diese Glosse ist schon mehrfach Gegenstand diverser Eingaben gewesen, die die Meldestelle für schlechte Witze erreicht haben. Im kommenden Monat soll die Zahl der Mitarbeiter in der Flachwitz-Reklamationsstelle aufgestockt werden. Im Rahmen dieser Aufstockung ziehen die Mitarbeiter vom ersten in den zweiten Stock ihres Gebäudes, wo es nicht mehr so stockduster ist wie im Erdgeschoss. Diese von Kalauern versehene Umschreibung brachte der Meldestelle übrigens siebzehn neue Eingaben ein.

22. Sportskanone

Es war für mich ein regelrechter Schock, als ich diese Schlagzeile las: Die Deutschen sind Bewegungsmuffel. Sie sitzen zu lange, treiben im Schnitt zu selten Sport, futtern zu viel ungesundes Zeug und nur zehn Prozent leben gesund. Potzblitz! Wie ist das möglich? Dichten und denken die Deutschen so besessen, dass sie den natürlichen Bewegungsdrang nicht mehr spüren? Ich jedenfalls atmete beim Lesen dieser Meldung erleichtert aus, lächelte weise und nickte mir dezent zu, denn ich selbst bin froh, mich eine Sportskanone nennen zu dürfen. Ganze Nachmittage verfolge ich im Fernsehen die Liveübertragungen der Tennis-, Leichtathletik, Golf- und Judowettbewerbe. Mein rechter Daumen ist durchtrainiert und strotzt vor Muskelkraft, tippt er doch im Klopftempo eines Spechts auf die Tasten meines Smartphones, stets auf der Suche nach den aktuellsten Weltranglisten. Die Fernbedienung habe ich absichtlich direkt neben den Fernseher gelegt, sodass ich meine Hüfte für das Umschalten des Fernsehkanals wie ein Hochspringer aus meinem Sessel schwingen muss und danach einen lässigen, flinken Moonwalk zum Fernseher aufs Wohnzimmerparkett hinlege, um hernach mit einer schwungvollen, kreisförmigen Armbewegung nach der Fernbedienung zu grapschen, eine Bewegung, wie Schwimmer sie beim Anschlag auf den Beckenrand vollbringen. In den Werbepausen lege ich schon mal einen Sprint bis zum Kühlschrank hin und jongliere auf dem Rückweg mit den beiden Bierflaschen, die mir im Sessel Gesellschaft leisten, denn Sportler sollen viel trinken.

Manchmal bin ich so sportverrückt, dass ich die Wette eingehe, binnen eines einzigen Werbespots zum Schrank zu hechten, die Packung Kartoffelchips herauszuziehen und auf dem Rückweg zum Sessel einen Spurt nicht zu vergessen. Warum können nicht alle so bewegungsfreudig sein wie ich?

23. Pfandsystem für Drogentütchen

Nicht nur Drogen sind in aller Munde, sondern auch der Umweltschutz. Allerorten wird in klimatisierten Karossen mit einem Coffe-to-go-Becher darüber nachgedacht, wie man möglichst schonend mit unserem Klima umgehen kann. Und nun liegt endlich eine Idee vor, die in einigen Gemeinden bereits testweise praktiziert wird: Drogendealer haben ein Pfandsystem für Rauschgifttütchen eingeführt. Wer sich also in dunklen, schmutzigen Ecken mit Haschisch, Koks, Marihuana und anderen vegetarischen Substanzen versorgt, sollte sein Beutelchen nach Einnahme des Rauschgifts unbedingt aufbewahren. Beim nächsten Drogenkauf kann ein jeder seine Tütchen abgeben und erhält einen Rabatt. Inzwischen sind einige Drogendealer auf die Idee gekommen, ein System mit Treuemarken zu etablieren. Wer sein Rauschgifttütchen zum zehnten Mal abgibt, erhält Aktienanteile an einer Drogeriekette. Schließlich soll es finanzielle Anreize für umweltbewusstes Verhalten geben. Formvollendeten Glanz erfährt die Verpackungsrevolution im Rauschgifthandel bei Fußball-Weltmeisterschaften. Die Koks- und Haschischbeutel enthalten dann nämlich Aufkleber mit den Konterfeis der Nationalspieler. So können Drogenkonsumenten die Lust daran entwickeln, die Tütchen zu sammeln, um sich hernach eine ganze Nationalmannschaft auf den Kühlschrank kleben zu können. Und da sage doch mal einer, der Konsum von Rauschgift habe mit Sport und Gesundheit nichts zu tun.

24. Brief an die Nachbarn

»Liebe Nachbarn, unsere vierköpfige Familie will sich an diesem Wochenende auf das Ziel unserer nächsten Urlaubsreise einigen. Dies dürfte mit einem höheren Geräuschpegel, will heißen: zugeknallten Türen und zerschmetterten Gläsern verbunden sein. Ferner werden wir unserem Nachwuchs bei der Bewältigung der Mathematik-Hausaufgabe behilflich sein. Auch dies dürfte von Gebrüll, umgeworfenen Möbeln und wütenden Faustschlägen gegen Schränke begleitet werden. Darüber hinaus steht für kommende Woche ein Telefonat mit meiner Versicherung an, welches mich zu unflätigen Bemerkungen hinreißen könnte, die ich mittels Benutzung eines Megafons noch verstärken möchte (Der Versicherungsheini wird sich wundern!). Das Telefonat wird sicher heulendes Gejodel, menschliches Gebell und Schreitiraden meinerseits und demzufolge leichte Erschütterungen des Hauses sowie Risse in der Bausubstanz zur Folge haben. Diese Belästigungen bitte ich zu entschuldigen. Auf weiterhin gute Nachbarschaft! Ihr Nachbar«.

25. Datenschutz für Wespen!

Es ist ein Skandal! Es ist eine zum Himmel schreiende Ungerechtigkeit, die jedes Jahr im Sommer in unserem Lande wie eine Tradition hochgehalten wird. Naturschutzverbände rufen zu Insektenzählung auf. Menschen sollen auf dem Balkon Wespen, Mücken, Bienen und Fliegen zählen und das Ergebnis dem Naturverband melden. Dabei wird übersehen: Menschen können sich gegen eine Volkzählung wehren, Insekten nicht. Welcher der vorgeblichen Naturfreunde interessiert sich bitteschön für den Datenschutz einer Biene?!

Glücklicherweise hat sich nun ein Privatsphäre-Aktivist ein Herz gefasst und eine Unterschriftenkampagne gegen die Insektenzählung gestartet. Seine Argumentation: Bienen hätten als Lebewesen ebenso wie Menschen ein Recht darauf, dass ihre Aufenthaltsorte, ihre Flugbahnen und ihre Kreise geheim blieben und nirgendwo registriert würden. Noch empörender sei, dass der Naturschutzbund Menschen dazu aufgerufen habe, Hummeln oder Libellen zu fotografieren. Das sei verboten, warnt der Aktivist, ohne vorher die Einwilligung der Libelle oder der Hummel eingeholt zu haben. So könne die Insektenzählung des Naturschutzbundes zwar nicht verhindert werden, aber jeder könne durch seine Unterschrift ein Zeichen setzen und ein klares Bekenntnis zum Datenschutz für Wespen ablegen. Fest steht jedenfalls, dass nach einer Insektenzählung am Ende das Ergebnis summa summarum errechnet wird.

26. Zerstreute Menschen

Es ist einfach unfassbar! Man will es nicht wahrhaben. Die Menschen werden immer zerstreuter, sie können sich nicht mehr konzentrieren. Noch vor drei, vier Jahren war es anders: Da waren Fußgänger voll bei der Sache. Wer über eine Kreuzung oder eine breite Straße ging, starrte voller Hingebung auf das Display seines Smartphones. Die Leute waren damals noch gedanklich fokussiert! Voller Engagement beim Display. Heute erlebe ich erschreckenderweise immer wieder Fußgänger, die mit ihren Blicken und Gedanken überall sind – nur nicht bei ihrem Handy. Es ist tragisch, dass immer weniger Passanten in der Stadt auf ihr kleines, mobiles, Gerät schauen. Ihre Konzentrationsfähigkeit ist dahin. Da schlendern sie durch die Fußgängerzonen und schauen erhobenen Hauptes – jawohl, erhobenen Hauptes! – durch die Gegend. Ihre Blicke schweifen beim Spaziergang von einem Haus zum nächsten, von einem Baum zum nächsten. So zerstreut, so wirr sind die Menschen heutzutage, dass sie es nicht mehr vollbringen, bei ihrem Gang durch die City mal eben drei Nachrichten zu schreiben. Kürzlich blickte mir sogar ein entgegen kommender Fußgänger beim Lauf über den Zebrastreifen in die Augen. So etwas sind wir Menschen ja gar nicht mehr gewohnt. Noch dazu schickte er – der wildfremde Bürger! – sich an, mir eine Frage zu stellen. Wo der Falkenweg sei, wollte er wissen. Kurz bevor ich ihn anbrüllen und erbost fragen konnte, ob er kein kleines Navigationsgerät dabei habe, schob er hinterher, er sei auf der Suche nach dem nächsten Handyladen im

Falkenweg. Ich jodelte drei Halleluja und freute mich über den blitzgescheiten Zeitgenossen, der die Tugend der geistigen Leistungsfähigkeit und der Konzentration noch hochhält. Er fand den nächsten Handyladen und ich lächelte zufrieden in mich hinein.

27. Videoüberwachung

Das geht nun wirklich zu weit. Was genug ist, ist genug! Dass Passanten, Kunden und – als wäre es selbstverständlich – auch Mitarbeiter von Videokameras überwacht werden, ist in unserem Lande so weit verbreitet wie Handyläden. Aber jetzt schlägt eine große Gewerkschaft Alarm und ruft: Stopp! Die Entwicklung ist überwältigend. Immer mehr Fernsehmoderatoren wehren sich gegen Videoüberwachung. Der Berufsverband der TV-Ansager ist empört darüber, dass mittlerweile in jedem Fernsehstudio Kameras aufgestellt sind und die ankündigenden Sprecher auf Schritt und Tritt überwachen. »Am Anfang dachte ich noch, mein Vorgesetzter habe sich einen Scherz erlaubt«, gestand eine Fernsehmoderatorin ein, »aber dann wurde mir klar, dass es im Sendestudio ja wirklich von Kameras nur so wimmelte. Noch dazu waren alle auf mich gerichtet. Der Datenschutz wird hier mit Füßen getreten«. »Ich halte es für einen Skandal«, klagte ein TV-Moderator, »dass ich bei meiner Arbeit gefilmt werde und mir noch dazu Millionen Menschen dabei zusehen«. Inzwischen stoßen Models und Serienschauspieler ins selbe Horn. »Wo kommen wir denn dahin«, fragt ein Mannequin erbost, »wenn wir bei unserer Arbeit von Kameras Minute für Minute verfolgt werden?«. Inzwischen hat die Politik reagiert. Das zuständigen Stellen im Ministerium kündigten eine Verordnung an, der zufolge Kameraaufnahmen in Fernsehstudios aus Datenschutzgründen künftig verboten sind. Zur Begründung hieß es, der Staat müsse Menschen, die berühmt werden wollen, vor sich selbst schützen. Dank des Privatsphärenschutzes dürfte es also bald keine Prominenten mehr geben.

28. Ehrenpreise allerorten

Ein Trend aus unserer Kindheit setzt sich fort. Erwachsene spielen Kinderspiele. Früher als kleine Dreikäsehochs haben wir im Winter eine Schneeballschlacht gemacht. Und wenn wir uns gegenseitig nicht mit Schneebällen bewerfen konnten, dann schmissen wir im Klassenzimmer mit Papierkügelchen umher oder bewarfen uns zu Hause bei einer Kissenschlacht mit Federzeug. Aber auch Erwachsene bewerfen einander heutzutage. Beim Karneval geht es ja noch, da schmeißen sie nur Konfetti durch die Gegend. Aber in vielen Branchen werfen sie mit Preisen um sich.

In jeder Branche gibt es mindestens vier verschiedene Auszeichnungen. Für ein- und dieselbe Tätigkeit werden jeweils 17 Unterkategorien festgelegt und viermal im Jahr werden in jeder Kategorie Preise verliehen. Künstlerpreise, Medienpreise, Manager- oder Marketingpreise sind nur die bekanntesten Ehrungen. An keinem geht der Kelch vorüber. Irgendwann erwischt es jeden: Das

Telefon läutet und ein übereuphorischer Mann mit Knö-
delstimme frohlockt: »Herzlichen Glückwunsch, wir
möchten Sie mit einem Preis auszeichnen«. Ein Wer-
befachmann wurde unlängst gefragt, was er beruflich
mache. Seine Antwort: »Weiß ich nicht so genau, aber
ich habe vier Preise dafür bekommen«.

Mittlerweile werfen die Verbandsfunktionäre so energisch mit Preisen umher, dass ich wie früher beim
Kinderspiel »Wer hat Angst vorm Teufel« über Festban-
kette, Galadiners und Sektempfänge renne, mich dabei abwechselnd ducke oder unter den Tischen krieche,
um einem Preis aus dem Wege zu gehen. Es gibt aber
auch jene, die den Ehrungen regelrecht hinterherjagen.
Diese Zeitgenossen rennen wöchentlich in Supermärkte,
entfernen widerrechtlich die Preisschilder von Gurken,
Senf- und Erbsengläsern, kleben diese Schildchen an ihre
Klamotten und verlassen als mehrfache Preisträger das
Geschäft. Na, herzlichen Glückwunsch!

29. Postkarte an die Oma

»Liebe Omi, wir senden Dir herzliche Urlaubsgrüße! Du
kannst Dir gar nicht vorstellen, wie herrlich und überwältigend schön die Landschaft hier auf der Insel ist.
Mit unseren Smartphones saßen wir gleich am ersten
Tag am Strand, um Fotos von der Natur zu machen. Bei
der Gelegenheit haben wir auch gleich die alten Fotos
auf unseren Mobilgeräten aussortiert, was ungefähr drei
Stunden in Anspruch nahm. Man glaubt ja gar nicht,
was sich da alles ansammelt. Auch den nächsten Ur-

laubstag verbrachten wir von früh bis spät am Strand. Wir spielten stundenlang auf dem Smartphone Karten, schauten uns lustige Videos an, informierten uns online über die neuesten Modetrends und tauschten uns darüber mit unseren Klassenkameraden aus, die ihren Urlaub in den Bergen verbringen. Gestern habe ich den ganzen Tag lang ein altes Spiel namens Tetris gespielt und habe es sogar in Level 7 geschafft. Die restliche Zeit über habe ich mit Freundinnen gechattet, die zu Hause geblieben waren. Du glaubst gar nicht, wie schnell die Zeit am Strand vergeht. Und stell Dir vor, Papi hat am Strand auf seinem mobilen Rechner sogar die Steuererklärungen für die vergangenen drei Jahre vollendet. Auch Mami ist mit uns am Strand und steht ohne Unterlass in Kontakt mit ihren Yogafreundinnen, deren Fotos von Kuchen, Mittags- und Abendmahlzeiten sie kommentiert. Und Mami schaut sich auf ihrem Smartphone Skiausrüstungen für unseren nächsten Winterurlaub an, den man nicht früh genug planen kann. So sitzen wir stundenlang am Strand und freuen uns des Lebens. Wie unsere Insel heißt, kann ich Dir leider nicht sagen. Das Navi auf meinem Smartphone ist nicht ganz auf der Höhe. Aber wir freuen uns schon, Dich bald wieder zu sehen.«

30. Zahlungsfreudige Kunden

Wo geschehen die meisten Auffahrunfälle? Nein, nicht etwa im Straßenverkehr, nicht auf irgendwelchen Kreuzungen. Die meisten Auffahrunfälle erlebt ein jeder an der Supermarktkasse. Ich habe gerade heute wieder einen solchen Crash überstanden. Da steht man nichts ahnend an der Kasse, hat seine auserwählten Produkte auf das Kassenband gewuchtet und die Warenseparationsleiste der Vorschrift gemäß hinter sein künftiges Eigentum platziert, und schon spürt man einen Rums im Rücken. Der Kunde, der hinter mir stand, schob seinen Einkaufswagen kräftig in mein Kreuz. Halleluja, welch eine frohe Botschaft für unsere Volkswirtshaft: In Supermärkten sind die Kunden so zahlungsfreudig, dass sie es gar nicht abwarten können, endlich ihr Erspartes gegen die zusammengestellte Produktpalette einzutauschen. Auch der Kunde hinter mir hatte seine Hände derart verkrampft in den Griff seines Einkaufswagens gegraben, dass mir klar wurde, dass er sich vor lauter angestauter Euphorie nicht mehr gedulden konnte und schleunigst seine Bezahlung tätigen wollte. Ein Held unseres Bruttoinlandsproduktes! Seitdem nehme ich es friedvoll hin, wenn Kunden an der Supermarktkasse mich mit ihrem Einkaufswagen wie eine Schachfigur ein gutes Stück voran schieben. So wie manch ein Herr seine Dame beim Walzer übers Tanzparkett schiebt, so lasse ich mich von ungeduldigen Kunden mittels Gitterwagen am Kassenband vorbei über die Fliesen des Marktes schieben. Einmal hatte mich ein hinterer Kunde vor lauter Tatendrang an der Kassiererin vorbei bis auf die Straße geschoben, sodass ich gar nicht zahlen konnte. Seitdem weiß ich, weshalb es an der Kasse neuerdings Beckenschoner im Sonderangebot gibt.

31. Handtücher

Die alten Ägypter bewundern wir für ihre Pyramiden. Die alten Griechen verbinden wir meist mit hoher Philosophie und Demokratie. Die alten Römer beeindrucken uns noch heute durch ihre Wasserleitungen. Auch wir, die Deutschen, werden in die Weltgeschichte eingehen, und zwar durch unsere abgelegten Handtücher. Wir sind Weltmeister in der Disziplin des Freihaltens von Liegestühlen und Sitzbänken durch geschickte Platzierung eines Handtuches. Es gibt keinen Ort, an dem nicht schon unsere Handtücher gelegen hätten. Neulich im Hochsommer fiel mir bei 32 Grad Hitze ein Auto auf, dessen Besitzer ein Handtuch über sein Lenkrad gelegt hatte. Eine einzigartige Demonstration von Klugheit. So konnte niemand sonst mit dem Auto fortfahren, da es ja schon belegt war. Im Winter bei Eiseskälte legen die deutschen Verbraucher Handtücher über Sitzstühle von Straßencafes, damit auch ja jeder Kunde sein Plätzchen unter einem Wärmepilz gesichert weiß. Unlängst malte sich ein eifriger Bürokrat Aufstiegschancen in seiner Dienststelle aus, machte sich Hoffnungen auf den Chefsessel der Verwaltung, doch vergebens: Über der Lehne des Bürostuhls war schon ein Handtuch geschlungen. Auch das Ressort des Wirtschaftsministers konnte in einem Bundesland erst nicht nachbesetzt werden, weil der Ministerpräsident schon Handtücher seines Wunschkandidaten über dem fraglichen Schreibtisch platziert hatte. Diese urdeutsche Methode findet inzwischen weltweit Nachahmer. Gerüchten zufolge sollen bei der Wahl des nächsten Papstes alle Kardinäle ein separates Handtuch mitbringen. Wer es als Erster auf dem Heiligen Stuhl ablegt, wird Pontifex. Alle anderen können dann das Handtuch werfen.

32. Obacht bei Zusagen!

Kommunikation ist schwierig. Nicht alles, was gesagt wird, ist auch so gemeint. Wichtig ist, dass der, der zuhört, genau weiß, dass das, was er hört, eigentlich ganz anders gemeint ist. Dann ist die Sache erträglicher. Wer in einem Hotel unseres Landes anruft und fragt, ob ein Zimmer frei ist, wird niemals sofort eine Antwort bekommen. Der Hotelmitarbeiter wird, obwohl er genau weiß, dass im fraglichen Zeitraum Ende November noch 50 Betten in seinem Hause frei sind, den Hörer zur Seite legen, so tun, als würde er unter größter Mühe nach einem freien Plätzchen suchen, nach vier Minuten keuchend und schnell atmend den Hörer wieder zur Hand nehmen und erleichtert rufen: »Ja, ich habe gerade noch etwas gefunden«. Es gilt, stets so zu tun, als sei man ausgebucht. Nun leuchtet auch ein, weshalb viele Bauprojekte hierzulande ein so langwieriges Unterfangen sind. Wenn der Chef einer Baufirma eine Anfrage erhält, fährt er zunächst für drei Wochen zum Schnorcheln in die Südsee. Die anfragende Kommune soll schön zappeln und ja nicht denken, man habe ihren Auftrag nötig. So wurde ich selbst Zeuge, wie meine bessere Hälfte den Anruf eines befreundeten Paares entgegennahm, sich meldete, den Hörer aber rasch zur Seite legte und es sich schnellstens im Fernsehsessel bequem machte, um ihre Lieblingsserie zu schauen. Nach einer halben Stunde klinkte sie sich wieder ins Telefongespräch ein und murmelte zögernd: »Ja, Donnerstag Abendessen bei Euch? Das dürfte passen«. Nebenbei sei bemerkt, dass ich selbst vor vier Jahren angefragt wurde, diesen Text zu schreiben. Aber ich bin ja schließlich gefragt und ausgebucht. Erst jetzt hat es gerade zeitlich gepasst.

33. Mein Ofen lügt

Die Zeitumstellung ist aus der Zeit gefallen. Zweimal im Jahr, im Frühjahr und im Herbst, drehen Menschen erst am Zeiger und dann am Rad, um an sämtlichen Orten ihrer Wohnung die korrekte Uhrzeit einzustellen. Dies wird praktiziert, um im Sommer Energie zu sparen. Dass dabei die menschliche Energie strapaziert wird, wird oft vergessen. Ein Mensch, der sich für klug hält, wird spätestens am Tag der Zeitumstellung von Selbstzweifeln befallen, weil er nicht in der Lage ist, mit der Zeit zu gehen. Eine Armbanduhr neu einzurichten ist ja noch leicht. Eine Digitaluhr ist schon die etwas höhere Prüfung. Aber der Ofen schießt den Vogel ab. Jedes Jahr im Frühling und Herbst sitze ich erneut mit einer Bedienungsanleitung eine geschlagene Stunde vor meinem Ofen und frage mich zunächst: Warum hat der Ofen eine Uhr?? Wenn ich einen Braten eine Stunde braten will, dann schiebe ich ihn um drei Uhr hinein und hole ihn um vier Uhr heraus. Fertig! Das kann ich an meiner Armbaduhr ablesen. Aber warum hat mein Ofen eine Uhr? Mein Teppich im Wohnzimmer zeigt mir schließlich auch nicht mein Tagesgewicht an und meine Zahnbürste leuchtet mir auch nicht das aktuelle Sternzeichen entgegen. So sitze, nein: knie ich vor dem Ofen und bitte, bettle und flehe ihn an, auf seiner Digitalanzeige endlich die jetzt herrschende Uhrzeit blinken zu lassen. Einzig: Mein Ofen hört nicht auf mich und lügt mich weiter an. Unverfroren leuchtet er mir die falsche Zeit in die Schnute und ich drücke wie an einem Flipperautomaten an den drei kleinen Knöpfchen des Ofens herum. Da es nicht ratsam ist, die falsche Zeit blinken zu lassen, weil mich dies ein halbes Jahr lang irritieren würde, greife ich zur List: Ich klebe einen Papierschnipsel über die Digitalanzeige des Ofens, sodass die Uhrzeit verdeckt wird.

34. Aber bitte ohne Qualität!

Der Mitarbeiter des Kundenservice staunte nicht schlecht, als ich ihn am Telefon zusammenfaltete. »Was fällt Ihnen ein?!«; brüllte ich ihn an, »Sie haben mir einen einwandfreien Drucker verkauft. Er läuft und läuft und läuft, und das sogar über die Garantiezeit hinaus – und ich sitze jetzt in der Tinte!« – »Wie meinen?«, flüsterte der ratlose Mitarbeiter ins Telefon. Ich schilderte ihm meine missliche Lage: »Ich war bisher immer treuer Kunde. Alle zwei Jahre haben meine Familie und ich bei Ihnen einen neuen Drucker gekauft. Ihre Geräte hielten ja maximal 24 Monate. Exakt drei Tage nach Ablauf der Garantiezeit gaben die Dinger ihren Geist auf. Wir warfen den alten, unbrauchbaren Drucker ins Meer und freuten uns auf einen Familienausflug in den Elektronikwarentempel, um einen neuen Drucker zu erwerben. Und jetzt das! Es sind wieder zwei Jahre um. Meine Frau, meine Kinder und ich haben fest damit gerechnet, dass der Drucker entweder explodiert oder zur Qualmkiste mutiert, jedenfalls, dass er aufhört zu funktionieren. Die Kinder haben extra eine Geburtstagsfeier abgesagt, um mich zum Druckerkauf zu begleiten. Und nun leistet das blöde Gerät weiter gute Dienste. Unseren Einkauf mussten wir abblasen! Kann man sich auf die Obsoleszenz nicht mehr verlassen? Weshalb kann der Drucker nicht pünktlich kaputt gehen? Ihre alten Chefs hatten noch Ahnung von ihrem Metier. Die junge Managerriege kann man vergessen. Diese Beschwerde schicke ich Ihnen übrigens auch in Papierform zu. Wozu habe ich schließlich einen intakten Drucker?!«

35. Wieso auf dem Teppich bleiben?

Das waren noch Zeiten! Früher wurden die Menschen von einem krähenden Hahn geweckt. Vielen Familien geht es heutzutage anders. Sie werden durch ein Jodelgeräusch aus dem Schlaf gerissen. Ausgelöst wird dieses schräge Haulali durch Väter oder Mütter, die morgens barfuß über den Teppich im Kinderzimmer gehen, um ihren Nachwuchs zu wecken. Wer bitteschön braucht heute noch einen Scherbenlauf bei einem teuren Motivationstrainer, wenn man ebenso gut über den Teppich im Kinderzimmer laufen kann, der von Miniautos und Spielzeugfigürchen übersät ist? Viele Familien haben ihren Kaffeekonsum auf null gesenkt. Sie brauchen morgens kein Aufputschmittel mehr. Es genügt vollkommen, nichts ahnend und vor allem barfuß ins Kinderzimmer zu schlendern, angefüllt mit elterlicher Liebe und dem Vorsatz, die Familie rechtzeitig fit für den Alltag zu machen. In solchen Momenten sind die fürsorgenden Mütter und Väter der festen Überzeugung, alles auf der Welt lasse sich mit liebender Güte und Mitgefühl lösen. Doch plötzlich bohren sich auf dem Weg zum Kinderbett Flugzeughecks und Autotüren en miniature in die bare Fußsohle. Dies ist der Moment, an dem bei der betroffenen Person ein unfreiwilliger Jodler zum Einsatz kommt. Dabei schlägt man zwei Fliegen mit einer Klappe. Zum einen kann man so den Nachwuchs aus den Federn heulen, und zum anderen ist keine Koffeinzufuhr mehr nötig, denn der Scherbenlauf hat genügend Adrenalin für den ganzen Tag durch den Körper gepumpt. Später an der Haltestelle sieht man übrigens viele andere Väter und Mütter, die unbeholfen und zaghaft des Weges gehumpelt kommen. Auch sie haben ihren morgendlichen Spielzeugroutenlauf schon absolviert.

36. Wollen Sie es als Menü?

Eines ist sicher wie das Amen in der Kirche: Egal was man in einem Schnellrestaurant bestellt: Sofort antwortet das Verkaufspersonal mit der Frage: »Nehmen Sie es als Menü?«. Selbst wenn man nur einen Kaffee oder eine Cola bestellt, fragt die eifrige Bedienung: »Als Menü?«. Das wäre noch zu verkraften, hätte diese Praxis nicht längst um sich gegriffen. Selbst am Zeitungskiosk ist man nicht sicher. Wenn ich am U-Bahn-Kiosk meines Vertrauens eine Schachtel Zigaretten bestelle, fragt der Besitzer inzwischen: »Zigaretten als Menü? Dann bekommen Sie für nur zehn Cent mehr noch einen Schnaps dazu. Oder Sie nehmen Zigarettenmenü 2: Zwei Schachteln zum Preis von anderthalb und dazu alten, guten Schnupftabak«.

Sogar vor der Drogenszene hinterm Hauptbahnhof macht dieser fragwürdige Trend nicht halt. Einem Polizeibericht zufolge kann es geschehen, dass man einem einsamen Tropf von Dealer die Frage zuflüstert »Hey, etwas LSD oder Crack für mich?« und dieser dann ruhig und sachlich entgegnet: »Nehmen Sie es als Menü? Dann bekommen Sie noch Marihuana obendrauf, kostet aber ein Drittel mehr«.

Knallharten Recherchen zufolge laufen neuerdings selbst Waffenkäufe derart ab. Eine Delegation aus dem Ausland fragte im Beisein des Staatssekretärs unseres Landes den führenden Waffenproduzenten nach 35 Panzern, worauf dieser ihm vorschlug: »Panzer als Menü? Nehmen Sie Menü 4, dann liefern wir 30 Panzer mit einer Ladung von Sturmgewehren«. Ich selbst habe mir derweil ein eigenes Menü zusammengestellt. Beim Bäcker nahm ich all meinen Mut zusammen und bestellte ein einziges Brötchen. Als mir dieses über die Theke gereicht wurde, schnappte ich zu, eilte davon, vertilgte es im Park und streichelte meinen Bauch. Welch ein Menü!

37. Autonomes Joggen

Überall ist seit Jahren vom autonomen Fahren die Rede. Gemeint sind Autos, die selbstständig durch die Gegend flitzen, während sich der Fahrer auf alles Mögliche konzentriert, nur nicht auf den Verkehr. Als wenn das etwas Neues wäre! Ich aber kann autonomes Fahren nur belächeln, denn ich nutze eine viel effizientere und revolutionärere Technik. Ich bediene mich des autonomen Joggens. Den kleinen Laufroboter, den ich für nur 9.000 Euro in Paris erworben habe, möchte ich aus meinem Alltag nicht mehr missen. Der niedliche Bursche wurde übrigens nicht über einen Versandhändler geliefert, nein: Er kam zu Fuß zu mir. Eines Tages stand er einfach vor meiner Tür. »So, mein Kleiner«, sprach ich zu ihm, »Du wirst jetzt jeden Tag zwischen 6 und 7 Uhr in der Frühe schön brav joggen gehen«.

Und der putzige Flitzer macht sich tatsächlich allmorgendlich auf den Weg und ich kann mich anderen, wichtigeren Dingen zuwenden, während er das Joggen für mich übernimmt. Selbstverständlich habe ich ihm einen Schrittzähler auf die Schulter gesetzt, den ich ihm nach zurückgelegtem Lauf abnehme und meiner Krankenkasse schicke. Für kommendes Jahr habe ich mich zum Marathon angemeldet. Mein kleiner Held wird großartig sein. Ich liebe es, wenn er für mich weite Strecken zurücklegt. Leider kann ich meinen kleinen Champion immer schlechter sehen. Mein Bauchumfang hat sich infolge des wochenlangen Sitzens derart vergrößert, dass ich den kleinen Laufroboter nur unter meiner speckigen Aussichtsplattform vermuten kann. Aber solange wenigstens der Roboter jeden Tag genügend frische Luft bekommt, ist alles wie es sein soll.

38. Beuteschau

Unsere Nachbarskatze hat eine Macke. Sie will ständig gelobt werden. Zu diesem Zweck fängt sie nicht nur Vögel, sondern trägt die Opfer ihres Beutezuges zwischen ihren Zähnen zu uns und legt das arme Federvieh auf unsere Fußmatte. Ähnlich ging unlängst die Polizei vor. Als die Fahnder eine Tonne Kokain aus den Händen einer kriminellen Bande beschlagnahmten, präsentierten sie den Rekord-Drogenfund stolz und kameragerecht vor der lokalen Reportermeute auf einer Pressekonferenz. Schade, dass die Ermittler es nicht gänzlich unserer Nachbarskatze gleich taten. Dann wären Streifenpolizisten von Tür zu Tür marschiert und hätten vor allen Haus- und Wohnungstüren kleine Drogenpakete auf die Fußmatten gelegt. Besonders zum Nikolaustag wäre ein wenig Rauschgift im Stiefel eine Überraschung mit bleibender Erinnerung und allemal attraktiver als ein toter Vogel.

An dieser Stelle erwacht in mir die Frage, wieso ich nicht längst ebenso wie des Nachbarn Mietze meine Beutestücke ausgestellt habe. Ich hätte schließlich sämtliche Werbezettel, Reklameflyer, Prospekte und Broschüren der vergangenen sieben Monate auf einer Pressekonferenz auftürmen oder ein kleines Museum daraus basteln können. Alle Werbepapiere, die im Laufe des Lebens den Weg zu mir gefunden haben, ergäben zusammengereiht ein Bauwerk wie die chinesische Mauer. Wieso hat eigentlich noch niemand all die Gegenstände als Beute ausgestellt, die ich einst verloren habe. Es würden sich geschätzt 226 Regenschirme darunter befinden. Aber kein toter Vogel.

39. Selbst ist der Kunde

»Lass mich, Mama! Das kann ich schon selber!« – Das sagen kleine Kinder ganz stolz, wenn sie sich alleine die Socken anziehen können. Ähnlich setzt auch der deutsche Handel zunehmend darauf, dass der gemeine Kunde voller Selbstvertrauen mit anpackt und damit dem Personal erst die Arbeit und dann den Job wegnimmt. Doch Hotelgäste, die am Automaten einchecken oder Kauflustige, die ihre Produkte an der Kasse selbst scannen, sind kalter Kaffee. Inzwischen geht auch mein Friseur mit der Zeit: Er hat ein neues Modell eingeführt. »Wann darf ich kommen und mir bei Ihnen die Haare schneiden?«, frage ich ihn. »Nächsten Dienstag um 17 Uhr ist eine Schere für Sie frei«, antwortet er mir. Und tatsächlich: An besagtem Tag spaziere ich in den Friseurladen, schnappe mir eine freie Schere und stutze mein Haar, ebenso wie drei andere Kunden. Der Friseur steht nur daneben und schaut aufmerksam zu, damit wir auch ja alles richtig machen. Mein Zahnarzt ist von diesem Modell so begeistert, dass auch er von seiner Kundschaft eine gewisse Arbeitsmotivation abverlangt. Ausgestattet mit Tatendrang, Elan und schwungvoller Freude hüpfe ich in den Zahnarztstuhl und entferne meinen Zahnstein, führe eine Prophylaxe durch und behandle Karies. Nur beim Ziehen meines letzten Weisheitszahns bitte ich den anwesenden Zahnarzt, der mit Händen in den Hosentaschen gemütlich durch den Raum schlendert, um einen kleinen Tipp. Morgen koche ich mir übrigens etwas beim Griechen: Ich habe solchen Appetit auf Gyros und muss nur noch ein paar Zutaten kaufen.

40. Job-Rotation bei Tieren

Der Mensch soll immer wieder Neues lernen, um geistig frisch zu bleiben. Er soll ruhig einmal entgegen seiner Gewohnheit erst seinen linken und dann den rechten Schuh zubinden – selbst wenn er Mokassins trägt. Durch das Instrument der Jobrotation wird Beschäftigten regelmäßig aufgetragen, in andere Abteilungen zu schnuppern, um den eigenen Horizont zu erweitern. Misslich nur, dass die neue Richtlinie zur Jobrotation inzwischen auch für Tiere gilt.

»So ein hirnverbrannter Unsinn«, schimpft der Hundebesitzer, dessen Kläffer gerade ein zweiwöchiges Austauschprogramm in einem Zoo absolviert und der gerade statt des Hundes eine Schildkröte an der Leine spazieren führt. »Hoffentlich ist die Jobrotation bald vorbei. Ich brauche zum Gassi gehen mit dieser Schildkröte jeden Morgen zwanzigmal so lange wie üblich«. »Mir ist schwindlig«, ruft traurig und angsterfüllt ein kleines Kätzchen, das gerade mit seiner Mutter statt der Taubenfamilie auf der Eisenstange einer Verkehrsampel sitzt. »Was, wenn wir von dieser Ampel auf die Straße herunterfallen?«, winselt das arme Miezekätzchen. »Beruhige Dich«, beruhigt das Muttertier, »die Jobrotation ist ja bald vorbei«. »Was für ein Unfug«, gackert ein völlig überreizter Hahn, der hektisch und wild flatternd den Ast eines Baumes entlangrennt. »Warum musste ich auch unbedingt mit einem Eichhörnchen tauschen? Außerdem bin ich mal gespannt, wie sich das Wildschwein beim morgendlichen Krähen macht«. In der menschlichen Berufswelt hat die Jobrotation derweil eine weitere Stufe erreicht. Zugführer sollen künftig als Piloten eingesetzt werden und Zahnärzte sollen für zwei Wochen Hüftoperationen übernehmen. Besonders spannend werden die Erfahrungen des Unternehmensberaters in einer Leiharbeitsfirma sein.

41. Diskretion beim Bäcker

Julius Cäsar hat einst den Rubikon überschritten und damit Kämpfe ausgelöst. Auch wir alle können potentiell eine Rauferei verursachen, wenn wir eine Linie übertreten. Nicht die berühmte rote Linie, dafür aber die verlässliche Diskretionsabstands-Markierung. Wir kennen das aus der Bank, von der Bahn oder der Post – überall wird der Kunde darum gebeten, einen Abstand zu demjenigen Kunden zu wahren, der gerade bedient wird. Möge sich Cäsars Verhalten nicht wiederholen. Und deshalb hat auch mein Bäcker solche Linien auf den Fußboden vor seiner Theke gezeichnet. Diskretion bitte! Wo kämen wir denn dahin, wenn man als Kunde wüsste, ob der Vordermann Croissants, Hörnchen oder Rosinenplunder kauft. Das ist schließlich Privatsache. Und die muss konsequent geschützt werden. Bei den Kunden kommt die Haltelinie bestens an. »Endlich kann ich völlig frei meine Puddingbrezeln kaufen«, frohlockt ein Herr, »ohne, dass die anderen Kunden es mitbekommen«.

Und es werden weitere Linien gezogen. Die Tanzschule in meiner Straße bietet ausschließlich Tangokurse, in denen Herr und Dame fünf Meter weit voneinander entfernt stehen und einander nicht näher kommen dürfen. Ziel ist einmal mehr der Schutz der Privatsphäre. So ist auch zu erklären, weshalb ich kürzlich in der U-Bahn einen Mann sah, der seine rechte Hand wenige Zentimeter über den Boden hielt und mit den Fingern wedelte. »Was tun Sie da?«, nahm ich mir aus, zu fragen. »Ich kraule meinen Hund« – »Aber vor Ihnen sitzt doch gar kein Hund« – »das nicht, aber schauen Sie einmal zehn Meter in diese Richtung«, riet mir der gütige Herr und deutete auf seinen Köter, der hinter einer Linie wartete. »Ich streichle meinen Putzi so intensiv, wie es die Abstandsmarkierung für Diskretion nun einmal zulässt«. Vor dem Hintergrund dieser Fälle gewinnt der Satz »Ich muss auf meine Linie achten« eine völlig neue Bedeutung.

42. Wer sucht, der kauft

Alle paar Monate komme ich mir vor wie ein schnüffelnder Polizeihund. Im Supermarkt laufe ich verzweifelt durch die Regalschluchten und suche Gurken, die neuerdings an einem anderen Ort stehen, damit ich als Kunde so viele neue Produkte wie möglich zu sehen bekomme. Die Marketingfüchse haben die Regale flink umstellen lassen. »Potzblitz«, ärgere ich mich. Die Natur spielt mir doch auch nicht solche Streiche. Oder findet sich etwa meine Nase eines Morgens beim Erwachen plötzlich auf meiner Schulter wieder? Einfach, damit mal etwas Neues geschieht? Wäre dem so, dann wäre es wenig erstaunlich, in der U-Bahn einen Mitreisenden zu treffen, der verzweifelt fragt: »Entschuldigen Sie, können Sie mir sagen, wo mein rechtes Ohr heute ist? Die Natur muss es wieder einmal an eine andere Stelle verlegt haben und ich kann es nicht finden«. Inzwischen habe ich begriffen, dass auch die Eltern meiner Partnerin echte Marketingexperten sind. Sind sie drei Tage zu Besuch, finde ich Tassen, Löffel oder Kannen an Orten, an denen ich sie nie vermutet hätte. »Wir haben nach dem Abwasch mal ein wenig Ordnung in Eure Küche gebracht«, kommentieren unsere Gäste die Neuorganisation unseres Geschirrs. Es hat aber auch etwas Praktisches: Auf der Suche nach einem Eierbecher bin ich Büchsen, Fleischklopfern und Zahnstochern begegnet, deren Existenz ich schon vergessen hatte. Es ist eben alles eine Sache der Umstellung.

43. Die Kennzahlen müssen stimmen

Wenn Menschen vor Freude weinen, dann muss es dafür einen sehr triftigen Grund geben: Etwa die Geburt oder die Taufe eines Kindes. Ein anderer freudiger Anlass, bei dem Menschen ihren Tränen freien Lauf lassen wie die Natur den Niagarafällen, ist die Hochzeit. Nachbarn von Standesämtern sollen sich sogar schon beschwert haben, weil das Schluchzen und Winseln der Onkel und Tanten Marken von Dezibel erreicht, die über den Grenzwerten liegen. Es ist üblich, zu weinen wie ein Schlosshund und damit zu zeigen, dass man sich freut. Aber nicht nur Taufen und Hochzeiten lösen so tiefgreifende Freude aus, sondern auch Quartalszahlen.

Bei der Vorstellung der Geschäftsbilanz brachen auf einer Aktionärsversammlung neulich so viele Manager und Anteilseigner in ein quietschendes und tränenreiches Weinen aus, dass die Kirchenglocken zur selben Zeit nicht vernehmbar waren. Die Teilnehmer des Aktionärstreffens weinten, weil die vorgestellten betriebswirtschaftlichen Kennzahlen alle Erwartungen übertroffen hatten. Die Führungsriege ging auf die Knie, hob die Arme in die Luft und summte vor sich hin, während die Belegschaft unter ausgeweinten Tränen schon so viele Papiertaschentücher verbraucht hatte, um die Schnute zu polieren, dass die Saaldiener gar nicht mehr hinterherkamen, um alle Aktionäre immer wieder mit neuen Schnupftüchlein zu versorgen. Als die Unternehmensführung die erwartete Umsatzsteigerung des nächsten Geschäftsjahres an die Wand projizierte, kannte das Weinen kein Halten mehr. Ob der rosigen Aussichten gab es so viele Tränen in den Gesichtern der Aktionäre, dass die Feuerwehr den Saal hinterher mit Pumpen austrocknen musste.

44. Gen-Baby spricht kein Schwäbisch

Es ist einfach phantastisch! Eine wissenschaftliche Sensation! Wissenschaftler in Stuttgart haben das erste genmanipulierte schwäbische Baby zur Welt gebracht. Das Besondere an diesem künstlich perfektionierten Kind: Es lebt in Baden-Württemberg, spricht aber nur Hochdeutsch! Wie erst jetzt bekannt wurde, ist das Kind mittlerweile vier Jahre alt und trotz der Tatsache, dass es in Stuttgart das Licht der Welt erblickte, in Böblingen getauft und in Ludwigsburg in die Kita geschickt wurde, spricht dieses Kind kein Wort Schwäbisch. Der beherzte Einsatz der Genforscher hat sich wahrlich ausgezahlt.

Sogar alle Kraftanstrengungen der Eltern, dem kleinen Erdenbürger wenigstens ein paar schwäbische Konsonantenfolgen in die freie Rede einzuverleiben, waren nicht von Erfolg gekrönt. Zwei Stunden täglich hat die gute Frau Mutter dem Kinde immer wieder das Wort »Häusle« vorgesprochen, doch der Dreikäsehoch antwortete konsequent mit »Haus«. Die Euphorie der Genforscher kennt nun keine Grenzen mehr. Bald wird es ihnen möglich sein, Babys jedwede Gewohnheit, jedwede Immunität und jedweden Charakter einzupflanzen, sodass es bald nur noch perfekte Kinder geben wird. Die Wissenschaftler planen bereits ein Kleinkind, das später einmal als Bankberater – potzblitz – einzig im Interesse des Kunden handeln wird. Vorgesehen ist auch die Züchtung von Babys, die eines Tages als Pharmaunternehmer von steigenden Aktienkursen weniger wissen möchten als vom Wohlergehen ihrer Käufer. Spekuliert wird auch über ein Gen-Baby, das später keine Gen-

Babys mehr herstellen will. Bis dahin ist der Weg aber noch sehr weit.

45. Befristung wird befristet

Früher war alles für die Ewigkeit. Doch jetzt, da es mit der Ewigkeit vorbei ist, gehen Menschen keine festen Bündnisse mehr ein. Niemand bindet sich. Kein Betrieb will Mitarbeiter fest an sich binden. Kein Mensch will einen Partner unbegrenzt durchs Leben mitschleppen, sondern flexibel, locker und agil bleiben. Die Ungebundenheit ist also das Einzige, woran sich Menschen heute noch binden. Da kommt das Standesamt meiner Heimatgemeinde endlich mit einer phantastischen Idee daher: Es ermöglicht Paaren die befristete Ehe. Zwei Menschen können heiraten und dabei einen Ehevertrag mit einer Laufzeit von drei, fünf oder – wenn sie mutig sind - sieben Jahren abschließen. Eine Verlängerung ist nur in Ausnahmefällen vorgesehen, sodass ein jeder die Freiheit hat, von der Freiheit Gebrauch zu machen. Im Nachbarort folgen auch Architekten dem Trend der Ungebundenheit. Da niemand weiß, wie lange sein Arbeitsvertrag währt, lassen Architekten neuerdings Häuser nicht mehr fertig errichten. In manchen Gebäuden fehlt das Dach, in anderen Häusern ist noch keine Wasserleitung vorhanden. So kann man flexibel bleiben und falls die Bewohner einmal ausziehen sollten, das Haus möglichst schnell wieder zurück bauen. Dies erklärt, warum der Bau eines Flughafens viele Jahre länger dauert als geplant: Womöglich wird in einigen Jahren gar kein

Airport mehr benötigt und dann kann eine Betonfläche hinterher schneller renaturiert werden als ein fertiger Flughafen. Unsere Gesellschaft ist derart flexibel, dass Ärzte selbst den Totenschein nur befristet ausstellen. Sie gestatten sich den Hinweis, dass es schon einmal einen Mutigen gab, der es sich am dritten Tage anders überlegte und wiederkam. Auch dieser Mann lebte nach dem Motto: Immer schön flexibel bleiben.

46. Plastik jetzt auch mit Inhalt

Das hat der deutsche Verbraucher noch nicht gesehen. Eine Sensation, nein: eine Revolution spielt sich dieser Tage im Einzelhandel ab. Bislang gab es Plastikformen in unterschiedlichen Größen zu kaufen. Plastiktütchen, Plastikhüllen, Plastikbehälter und Plastikkisten – all das kennen wir schon. Doch jetzt sind ausgebuffte Produktmanager auf die umwerfende Idee gekommen, diese Behälter mit Inhalt zu füllen! So soll es in den Supermarktregalen bereits einige Kästchen gegeben haben, die verblüffender Weise ein Stückchen Schokolade oder eine Praline enthielten. In einigen Discountern sollen Gerüchten zufolge gar Plastiktütchen gesichtet worden sein, die nicht nur einfach so zum Mitnehmen angeboten wurden, sondern die obendrein ein paar Gramm Kaffee- oder Kakaopulver beherbergten. Eine Kundin zeigte sich begeistert: »Bislang haben wir immer nur Beutelchen aus Plastik gekauft. Dass in ihnen neuerdings auch noch Kaffee enthalten ist, finde ich großartig. Den trinken nämlich alle in unserer Familie höchst gerne«. Der Einzelhandel ist gerade richtig in Fahrt und hat unlängst gar Gemüseteile wie Paprika oder Tomaten in die sonst leeren Plastikboxen gesteckt. Ein Filialleiter frohlockte: »Wir haben erkannt, dass sich unsere Plastikteile viel besser verkaufen, wenn sie mit Lebensmitteln gefüllt sind. Die Umsätze steigen seitdem rasant«. Wie beruhigend ist es doch, solch kreative Produktmanager in unserer Volkswirtschaft zu wissen.

47. Verkaufen ist alles

Heutzutage haben wir Menschen unseren Vorfahren etwas Entscheidendes voraus. Wir können in die Zukunft sehen! Wir wissen heute schon, was es morgen zum Kauf gibt. Ist es nicht herzerwärmend, ein kleines Video auf sein mobiles Endgerät gespielt zu bekommen, in welchem man schon früh morgens darüber in Kenntnis gesetzt wird, welche Tapete es heute im Baumarkt im Angebot gibt oder welche Skandale heute Abend im Fernsehmagazin enthüllt werden? Egal welches Produkt oder welche Dienstleistung man anbietet – es gilt, so rasch wie möglich alle Smartphone-Nutzer davon zu unterrichten, am besten mit einem kleinen Film. Diese Marketingstrategie greift um sich. Da hüpft der Küchenchef einer Betriebskantine um vier Uhr aus den Federn, stellt sich vor die Kamera und erzählt hunderten von Handybesitzern, welche Soße es heute zum Spätzlemenü gibt. Und auch Lehrer reihen sich in die Gruppe derer ein, die die Welt mit einem kleinen Internetvideo neugierig machen auf das, was sie zu bieten haben. So stellen sich Pädagogen vor eine Kamera und rufen begeistert hinein: »Heute bei mir um 8 Uhr in Latein: Was der Vokativ alles anrichten kann. Anschließend um 9 Uhr die große Mathematik-Schlacht: Seid dabei, wenn Sinus und Cosinus ihren großen Kampf ausfechten«. Gegen 6.30 Uhr sitzen die Schülerinnen und Schüler dann an ihren Frühstückstischen, schauen sich beim ersten Kakao des Tages dieses Video an und können entschließend via Smartphone ihren Lehrer wissen lassen, ob sie Gefallen an der Ankündigung gefunden haben oder ob sie zu Hause bleiben. Das ist es, was Wirtschaftswissenschaftler als Marktmacht des Kunden bezeichnen.

48. Warteschleifenband

Vergessen Sie alle bisherigen Musikshows und Casting-Galas im Fernsehen. Kommende Woche geht erstmals ein neuer Bandwettbewerb über die Bühne, der die Musiklandschaft umkrempeln wird. Der Hauptpreis des Wettbewerbs ist ein so attraktiver Köder, dass sich keine Musikgruppe den Versuch entgehen lassen will, ihr Können zu zeigen, um zumindest in die engere Auswahl zu kommen. Die Band, die beim Wettbewerb am besten abschneidet, darf für die größten Konzerne unseres Landes die Telefonwarteschleifen mit Musik füllen.

Mehr als 800 Bands haben sich schon beworben. Sie alle wollen die Jury von ihrem Können überzeugen und alles dafür tun, um demnächst genervten Anrufern bei Servicestellen im Kundendienst die Wartezeit zu versüßen. In unserem Nachbarland ist dieser Wettbewerb als Pilotprojekt bestens angekommen. Die Mitglieder der Gewinnerband werden seither auf Schritt und Tritt angesprochen und haben einen Bekanntheitsgrad, der Michael Jackson oder Elvis neidisch gemacht hätte. »Ihre Stimme kenne ich doch! Sie haben mir neulich in den Telefonhörer geträllert, als ich drei Stunden lang in der Warteschleife meiner Autoversicherung ausharren musste« – Sätze wie diesen bekommt die Frontsängerin seitdem immer wieder zu hören.

Doch nicht nur die Gewinnerband darf sich auf das Leben mit Promistatus gefasst machen. Auch die zweitplatzierte Musikgruppe wird es zu ungeahnter Popularität bringen, denn ihre Lieder werden künftig in sämtlichen Aufzügen unseres Landes die Fahrt in die neunte Etage untermalen.

49. Gespräche mit dem Kühlschrank

Die neue App, die ich habe, stellt alle bisherigen technischen Raffinessen in den Schatten. Ich kann unterwegs via Smartphone jederzeit mit meinem Kühlschrank zu Hause kommunizieren. Und nicht nur das: Ich weiß unterwegs genauestens, was in meinem Kühlschrank geschieht. Mein Käse hat mir gerade eine Nachricht geschickt. Er ist traurig und hat schlecht geträumt. Kein Wunder, wenn man von Geburt an durchlöchert ist. Aber meinen Rat, jeden Morgen zu meditieren, befolgt der sture Käse einfach nicht. Auch die Leberwurst ist leider ungehorsam. Meine App zeigt mir an, dass die Leberwurst heute früh noch keine Yogaübungen gemacht hat. Wie soll ich denn einst meine Leberwurst genießen, wenn diese nichts für ihren inneren Frieden getan hat?! Ganz problematisch ist das Verhältnis zwischen der Milch und dem Sahnejogurt. Die beiden waren mal ein Paar. Aber seit vorgestern sind sie auseinander und nun streiten sie ohne Unterlass. Auch jetzt – das zeigt mir meine App – haben sich Milch und Jogurt wieder gegenseitig angeschnauzt. Ich habe ihnen schon gedroht: »Wenn Eure Streitereien nicht bald aufhören, dann setze ich Euch auseinander! Und der Jogurt kommt ins mittlere Fach!«. Jetzt zeigt mir meine App an, dass meine Senftube schon wieder geweint hat. Ich werde ihr heute eine Gute-Nacht-Geschichte vorlesen. Nun muss ich aber so schnell wie möglich den nächsten Supermarkt aufsuchen. Die Marmelade im Kühlschrank hat mir geschrieben, dass ich noch Butter mitbringen soll. Sie habe keine Lust, sich alleine auf ein Brot streichen zu lassen.

50. Weihnachtsmann tritt zurück

Jetzt haben wir den Salat. Der Mann, auf den sich Kinder über Generationen hinweg wie die Schneekönige gefreut haben, haut in den Sack. Er will nicht mehr: Der Weihnachtsmann hat seinen Rücktritt eingereicht. Gerüchten zufolge gab es Meinungsverschiedenheiten über die Entlohnung. Demnach hatte der Weihnachtsmann noch versucht, in einer letzten Verhandlungsrunde mit den Elfen eine Einigung zu erzielen. Vergebens. Die Forderungen des roten Mannes und der Wunderwesen vom Nordpol lagen schlichtweg zu weit auseinander.

Wie aus gut informierten Kreisen zu hören ist, war die Gehaltsfrage an sich dabei nicht entscheidend. Gescheitert seien die Gespräche vielmehr an den Forderungen des Weihnachtsmannes, für seine Schlittenreisen rund um den Erdball die Pendlerpauschale zu erhöhen. Diesen Schritt wollten die Elfen nicht mitgehen.

In einem Interview mit einem nordischen Fernsehsender gab der Weihnachtsmann eben jenen Elfen die Schuld am Platzen der Gespräche. »Die Rentiere werden immer wählerischer, was ihr Fressen angeht. Sie nehmen nur noch teure Rohkost aus dem Bioladen zu sich. Die Kosten muss ich vorstrecken. Und wer ersetzt mir die höheren Ausgaben? Dass jetzt Millionen von Kindern traurig ohne Geschenke dasitzen, das haben allein die Elfen zu verantworten«. Künftig will der Weihnachtsmann anonym arbeiten und als Paketlieferant bei einem großen Versandhändler anheuern. »Schließlich habe ich mit meiner Berufserfahrung gute Karten«, gab sich der Mann mit dem Rauschebart optimistisch. Seine Auftritte zu Repräsentationszwecken solle künftig der Osterhase übernehmen. Für diesen habe er bereits einen kleinen, roten Mantel bestellt, und zwar bei einem großen Versandhändler im Internet.

51. Stressige Schulzeit

Wer über Stress am Arbeitsplatz jammert, sollte sich nur einmal an die eigene Schulzeit erinnern – und schon wird ihm selbst der hektischste Büroalltag als Wellnesskur erscheinen. Niemand muss so stressresistent sein wie unsere Schülerinnen und Schüler. Das war zu meiner Kinderzeit nicht anders als heute.

Der Montag begann für gewöhnlich mit einer Doppelstunde Papierkugelwerfen. Welcher gestandene Großraummitarbeiter wäre heute in der Lage, Kundentelefonate zu führen oder Instruktionen des Teamleiters zu folgen, gleichzeitig aber in Windeseile winzige Papierschnipsel zu formen und durch den Raum zu pfeffern?! Als Kinder waren wir dazu in der Lage. Die anschließende große Pause hatten wir uns damit redlich verdient. Doch in der dritten Unterrichtsstunde folgte die nächste Herausforderung: 45 Minuten lang im Geheimen Zettel schreiben und sie unauffällig in die hinteren Reihen wandern lassen. Die vierte Schulstunde, das Papierfliegerbasteln, fiel des Öfteren aus, weil die zuständige Lehrkraft durch häufige Abwesenheit glänzte. Offenbar musste sie den Bau neuer Modelle studieren. Die stressigsten Phasen jedoch stellten jeweils dienstags und donnerstags die Doppelstunden Zeitschriftenlesen dar. Es löst im Körper eine enorme Stressreaktion aus, sein Interesse am örtlichen Geschehen vorzugaukeln, gleichzeitig aber in die neuste Musikzeitschrift vertieft zu sein, die man im Verborgenen auf seinen Oberschenkeln ausgebreitet hat. Abseits dessen darf aber mein Lieblingsfach nicht unerwähnt bleiben, welches mich durch die gesamte Schulzeit getragen und mir immer wieder Lichtblicke beschert hat: Mein Schließfach.

52. Helft dem armen DAX!

Der Hilferuf sprang mir heute früh aus der Zeitung direkt ins Gesicht. Ein Börsenmakler stöhnte, der DAX habe sich übers Wochenende nicht erholt. Es gehe mit ihm abwärts. Mir war schlagartig klar, dass sofortiger Handlungsbedarf bestand. Es gibt schon zu viele Mitglieder in unserer Gesellschaft, die sich nicht genug Erholung gönnen. Und aus diesem Grunde eilte ich in die nächste Buchhandlung, erwarb drei Meditationshörbücher und schickte sie per Einschreiben an die Börse, damit der DAX sich endlich erhole. Auf dem Weg zur Post legte ich einen Zwischenstopp in einer Drogerie ein, kaufte eine Wärmflasche sowie Kamillentee und sandte diese den Meditations-CDs hinterher. Außerdem habe ich eine Petition an unser Parlament geschrieben und vorgeschlagen, für den DAX die 30-Stundenwoche gesetzlich festzuschreiben. Wer so häufig in der Öffentlichkeit steht und weiß, dass sein Wohlbefinden für jedermann sichtbar über zig Fernsehkanäle verbreitet wird, der hat sich einen kürzeren Arbeitstag als bisher verdient. Ebenso halte ich es für angemessen, jeden ersten Donnerstag im Monat, sofern die Tageszahl des Monats ungerade ist, zum gesetzlichen Feiertag zu erklären, an dem in jeder Stadt für den DAX ein Gottesdienst abgehalten werden muss. Gläubige bilden einen Kreis, fassen sich an den Händen und beten für das Wohlergehen des Leitindex. Schließlich soll ja spirituelle Einkehr bei Überforderung sehr hilfreich sein, auch wenn es sich bei dem ausgelaugten Tropf um eine Zickzacklinie an einer schwarzen Wand handelt. Es wird Zeit, diese Maßnahmen schleunigst umzusetzen, um zur Erholung des DAX beizutragen.

53. Der 5-Minuten-Prozess

Reportertrauben drängten zum Gerichtsgebäude. Vor einem der höchsten Gerichte unseres Landes hat gestern der wohl Aufsehen erregendste Prozess der vergangenen Jahrzehnte begonnen. Angeklagt sind fünf Minuten. Ja! Gemeint sind DIE berühmten fünf Minuten, die Millionen von Bewohnern allmorgendlich in ihr Schlafkissen säuseln: »Oh, noch fünf Minuten«.

Die Anklage warf den fünf Minuten vor, für zahlreiche Verzögerungen bei Bauprojekten verantwortlich zu sein. Bauzeichner, Architekten und Beschäftigte von Baufirmen sollen die fünf Minuten immer wieder als Vorwand für Pausen genutzt haben. Nun wissen wir, weshalb sich die Errichtung von Konzerthäusern, Flughäfen oder Bahnhöfen in die Länge zieht. Auch das schlechte Abschneiden der deutschen 100-Meter-Läufer bei den Olympischen Spielen wird der Angeklagten zur Last gelegt. Die Sprinter knien im Startblock, der Startschuss fällt, der durchdringende Knall durchfährt alle Sportler mit einem elektrisierenden Energieschub, der sie sofort losrennen lässt. Einzig die Athleten unseres Landes erheben einen traurigen Dackelblick zum Wettkampfrichter, winseln vor sich hin und beginnen schließlich zu betteln: »Noch fünf Minuten, bitte!«

Abertausende Studierende schieben ihre Hausarbeiten mit der Bitte um »noch fünf Minuten« auf und verweisen auf die Erkenntnis, zum Lernen sei es nie zu spät. Dieser brisante Prozess konnte allerdings nur mit einer Verzögerung beginnen. Der Gerichtspräsident suchte verzweifelt den zuständigen Richter, welcher zu Prozessbeginn nicht anwesend war. Schlussendlich fand der Präsident seinen Juristenkollegen in dessen Büro vor. »Kommen Sie! Ihr Prozess beginnt!«, rief der Präsident. Der Richter döste an seinem Schreibtisch, lutschte mit geschlossenen Augen an seinem Daumen und murmelte: »Oh nö, noch fünf Minuten!«

54. Überwachung durch Tauben

Die Diskussion ist lächerlich. Ein überflüssiger Streit, der hochrote Köpfe, wütende Knödelhälse, aber keine Ergebnisse bringt. Seit Jahren widmen sich Zeitgenossen dem Disput darüber, ob die Videoüberwachung in Großstädten ausgebaut werden soll. Dabei werden wir bereits auf Schritt und Tritt überwacht. Gehst Du in eine deutsche Fußgängerzone, läuft Dir eine Clique von Tauben entgegen. Sie signalisieren Dir damit, dass sie genauestens im Blick behalten, in welches Cafe und in welchen Laden Du gehst. Es ist möglich, durch das Fallenlassen von Brotkrumen die Tiere zu bestechen, sodass die Daten anschließend nicht an Geheimdienste weiter gegeben werden. Übrigens können auch Autofahrer nicht sicher sein vor der Überwachungswut der Tauben. Die flatternden Tiere sitzen wie Grenzpolizisten auf den Ampelpfählen in unseren Citys, schauen auf Kreuzungen hinab und registrieren die Bewegungsmuster aller Autokennzeichen. Ich bin einmal mit einer Sekunde Verspätung über eine Ampel gefahren, die gerade frisch auf Rot gesprungen war. Schon meldeten es die Tauben auf der Ampel ihren Kollegen, ich wurde an der nächsten Kreuzung von einer Taubenclique angehalten und musste ein Laugenbrötchen zerbröseln, die neue Art des Bußgeldes. So behaupte bitte niemand mehr, Brieftauben würden das Fernmeldegeheimnis achten. Die Fiesslinge lesen alles mit. Leider stoßen meine Warnungen seit Jahren auf »taube« Ohren.

55. Inhaltsangabe bei Partnersuche

Nur der Inhalt zählt. Diese weise Feststellung gilt zuvorderst für Menschen, Sparbücher, Likörfläschchen und Haschkekse. In Supermärkten erblickt man neuerdings immer häufiger Kunden, die sich eine Lupe vor die Schnute halten und hochkonzentriert die Nährwerttabellen auf den Verpackungen studieren. Bei der Partnerwahl muss die Inhaltsangabe künftig eine ebenso große Rolle spielen. Seit heute steht fest, dass im kommenden Monat eine neue Partnerbörse im Internet ihren Betrieb aufnimmt. Ein Foto der Teilnehmer interessiert dort keine Menschenseele. Dafür müssen die Partnersucher genaueste Angaben über ihren Cholesteringehalt im Körper, Zucker- und Blutfettanteile sowie einen drohenden Calciummangel machen. So kann ein Interessent sehen, ob er oder sie beim nächsten Date einem vor Gesundheit strotzenden, athletischen Körper gegenüber sitzt oder es mit einem magnesiumarmen, pummeligen Partner in

Knödelform mit Bluthochdruck zu tun bekommt. Doch nicht nur das. Ähnliche Nährstoffinformationen bekommen Restaurantbesucher beim anstehenden Fleischverzehr aufgetischt. Wer ein Stück Steak bestellt, hat künftig das Recht zu erfahren, ob die Kuh Pilates gemacht, ob sie zweimal täglich auf der Wiese meditiert, ob sie im nahe gelegenen Tümpel das Seepferdchen bestanden hat und sich zu schmetternder Karnevalsmusik bewegen konnte. Treffen alle vier Voraussetzungen zu, hat der Restaurantbesucher nach der Mahlzeit beste Aussichten bei seiner Partnerwahl.

56. Tourismus am Elektromüllberg

Der Mount Everest ist ein schnuckeliger, putziger, kleiner Hügel. Wer lässt sich schon von einem 8.000er begeistern? Die Welt bekommt in Kürze einen 20.000 Meter hohen Berg. Und wir alle tragen zum Gelingen dieses großartigen Vorhabens bei. Die Menschheit produziert im Jahr 50 Millionen Tonnen Elektromüll und dem Himmel sei Dank wird nur ein kleiner Teil davon erneut gebraucht. Der große Rest landet auf einem Berg am Kongo, auch Mount Rubbish genannt. Alte, abgenutzte Toaster, Mikrowellen und Fernseher werden aufeinander getürmt und die Verbraucher werden weltweit dazu angehalten, pro Jahr möglichst viel Elektroschrott fortzuwerfen, um die 20.000-Meter-Marke möglichst bald zu erreichen. Für drei weggeworfene Smartphones im Jahr gibt es einen Bonus. Schon bereiten sich Reisebüros und Hoteliers auf einen Bergsteigertourismus vor. Erste gedruckte Bergführer gibt es bereits. Demnach wird der Kühlschrankpass am Mount Rubbish vor allem für Einsteiger geeignet sein. Den Waschmaschinengletscher sollte nur betreten, wer Helm und Karabinerhaken sein Eigen nennt. Und die Ofen- und Herdplattenroute ist einzig für die professionellen Bergsteiger freigegeben.

Nur eine Berufsgruppe ist von den Plänen in der Dimension eines Turmbaus zu Babel nicht begeistert: Die Raumfahrtindustrie. Denn langfristig ist angedacht, den Mount Rubbish so hoch wachsen zu lassen, dass aus ihm eine Brücke zum Mond wird. Über diese Elektroschrottüberführung könnte die Menschheit dann ganz gemütlich zu Luna gelangen. Aber bis dahin müssen wir alle noch sehr viele Kühlschränke und Waschmaschinen kaufen, kurz gebrauchen und ausrangieren.

57. Erneuertes Update

Vor zwei Tagen habe ich mir ein schickes, nagelneues Smartphone gekauft. Leider kann ich es nicht mehr benutzen. Das Betriebssystem ist veraltet. Gleich heute Nachmittag kaufe ich mir ein neues Smartphone. Vielleicht kann ich damit heute Abend noch telefonieren. Dieser Stress wäre noch locker wegzustecken, wenn mein Besteck nicht ebenfalls ständig veraltet wäre. Gerade gestern Abend plätscherte die Suppe von meinem Löffel. Heute früh eröffnete mir dann der Verkäufer im Porzellanladen, mein Löffel sei nicht mehr zeitgemäß. »Die neuen Tütensuppen werden jetzt so gefertigt, dass die alten Löffel sie nicht mehr fassen können. Sie brauchen neues Besteck«. »Nicht zu fassen«, rief ich, gab jedoch nicht den Löffel ab, sondern schilderte dem Experten sogleich das Leid mit meiner Kaffeetasse. »Der Kaffee hüpft einfach aus der Tasse wieder heraus. Ich kann nichts tun«. »Oh doch«, belehrte mich der progressive Verkäufer, »Sie sollten sich schnellstens neue Tassen kaufen. Vermutlich haben sie noch alte Tassen zu Hause, die als Gefäß für die modernen Kaffeesorten einfach nicht mehr geeignet sind«. Ich unterließ an dieser Stelle den Hinweis darauf, dass ich immerhin noch alle Tasse im Schrank habe, selbst wenn diese veraltet sind. Auf dem Heimweg fielen mir anschließend meine Schuhe von den Füßen. »Schau mal«, rief ein kleines Kind auf der anderen Straßenseite seiner Mutter zu, »der Mann da drüben hat noch ganz alte Schuhe, bestimmt eine Woche alt«. »Ihre Schuhe brauchen dringend ein Update«, riet mir die Mutter des Kleinkindes, »die Stadt teert die Straßen jetzt mit neuem Material und die Schuhe von vor einer Woche sind damit nicht mehr kompatibel«. Morgen gehe ich ins Museum. Ich werde mich mit einem Dinosaurierskelett anfreunden.

58. Neuer BA-Studiengang »Finanzhai«

Unsere niedliche, kleine Heimatstadt erlebt eine Studentenschwemme. An der Hochschule unserer Kommune lockt künftig ein neuer Studiengang junge Männer und Frauen aus dem gesamten deutschsprachigen Raum zu uns. Sie alle wollen den Bachelorstudiengang »Finanzhai« belegen. Die ersten 100 Plätze waren schnell vergeben. Im ersten Semester müssen die künftigen Haie einführende Module in Skrupellosigkeit, Dreistigkeit und Überheblichkeit belegen. Da kann es geschehen, dass man in Cafes Zeuge folgender Gespräche wird:

»Hast Du schon für die Arroganzprüfung gelernt?«

»Nein, das mache ich am Wochenende. Morgen muss ich erst mein Referat zum Thema »Hauen und Stechen« halten. Mir fehlt einzig noch etwas Literatur dazu«. »Schlag mal bei Machiavelli und Charles Darwin nach. Das wird immer gut benotet. Aber sag einmal, wie bereitest Du Dich denn auf unseren Exkurs »Gehen über Leichen« am Wochenende vor? Müssen wir besonderes Schuhwerk mitbringen?« »Nicht das ich wüsste. Im jüngsten Ellenbogen-Workshop mussten wir ja auch keine besonderen Utensilien dabei haben, abgesehen von unseren Ellenbogen natürlich«.

»Und weißt Du schon, worüber Du Deine Bachelorarbeit schreiben wirst?«

»Ich tendiere zu einer Abhandlung über die Eindämmung von Skrupel und Moral. Und was wird das Thema Deiner Abschlussarbeit sein?«

»Ich widme mich Strategien, mit welchen es gelingt, sein Mitgefühl auszumerzen«.

Die erwähnte Hochschule bereitet übrigens zwei weitere Bachelorstudiengänge vor. Sie lauten »B.A. Maklerpiranha« und »B.A. Marketingpitbull«.

59. Hacker-Kurse für Passwortloser

Die Bürger unseres Landes rennen den Geheimdiensten die Bude ein. Die Geheimdienste nämlich haben ein neues Geschäftsmodell entwickelt: Sie bieten landesweit Hacker-Kurse an! Aber keine Sorge. Schließlich wollen die Teilnehmer, meist brave, unbescholtene Bürger, keine anderen Staaten oder gar die Rechner des Nachbarn mittels einer Cyberattacke auskundschaften, nein: Immer mehr Menschen belegen Hacker-Kurse, weil sie ihre eigenen Passwörter vergessen haben.

»Ich habe vier Emailkonten, bin auf drei Online-Plattformen aktiv und außerdem Kundin bei diversen Internetshops. Da kommen schon mal schnell vierzig Passörter zusammen«, schildert eine Teilnehmerin die Beweggründe für ihr Erscheinen. »Stimmt«, pflichtet ihr ein Teilnehmer bei, »ich muss an meinem Arbeitsplatz zunächst sieben Passwörter eingeben und vertausche sie jeden Tag, sodass ich gar nicht mit der Arbeit beginnen kann. In den vergangenen drei Wochen war ich zwar täglich in meinem Büro anwesend, war aber von morgens früh um 8 Uhr bis 17 Uhr am Nachmittag damit beschäftigt, Passwörter zu raten«. Doch jetzt sollen die Hacker-Kurse sicherstellen, dass jeder Bürger unseres Landes seine Emailkonten und seine digitalen Speicher wieder nutzen sowie seinen Bankgeschäften nachgehen kann.

Manchmal jedoch bleiben einige Hackerkurse der Geheimdienste gänzlich unbesucht. Das Problem besteht Ermittlungen zufolge darin, dass sich die verzweifelten Passwortverlierer via Email anmelden müssen. Leider können sie die Passwörter für ihre Emailkonten nicht mehr finden.

60. Durchgangsverbote für Säufer

Die Gesellschaft muss geschützt werden! Vor allem vor schlechter Luft. Deshalb brechen jetzt ganz harte Zeiten für Freunde des Alkohols an. Im Kneipenviertel unserer Stadt gelten nun besonders strenge Grenzwerte. Es handelt sich um Höchstgrenzen für Atemalkohol. Dort, wo allwöchentlich am Freitag- und Samstagabend die Studentenschaft besonders tief ins Glas schaut, um möglichst tiefe Erkenntnisse für die Weltrevolution zu gewinnen, wurden kürzlich Messgeräte aufgestellt. Und das aus gutem Grund. Früher zogen dort nämlich Horden von Erst-, Zweit- und Gasthörern völlig betrunken von Kneipe zu Kneipe. Doch nicht nur die Studenten waren besoffen, sondern auch die Anwohner, obwohl diese keinen Schluck getrunken hatten! Die durch die Straßen torkelnden Saufkumpane atmeten bei ihrer wackeligen Tour derartige Mengen Alkohols aus, dass selbst die Anwohner in der dritten Etage bei geöffnetem Fenster reihenweise betrunken umkippten und oder zumindest beschwipst durch ihre Zimmer schunkelten. Damit ist nun Schluss. Bestimmte Straßen sind nun für mit Wein, Sekt und Rum abgefüllte Gastronomiebesucher tabu, damit dortselbst die Grenzwerte für Atemalkohol eingehalten werden. Die Schluckspechte müssen Umwege in Kauf nehmen. Für diejenigen, die nur noch krabbeln können, sind auf den Fußwegen Flaschen aufgezeichnet, welche den Trunkenbolden die Richtung weisen, so wie man es von aufgemalten Straßenpfeilen für Erstklässler kennt. Alternativ können besoffene Kneipenfreunde auch die Luft anhalten und ohne zu atmen durch die betroffenen Straßen sprinten. Diese sportliche Aktivität der Biertrinker wird Bier-Tlon genannt.

61. Komiker sabotieren Bauprojekte

Wenn ich sage, dass ich handwerklich ungeschickt bin, ist das sehr diplomatisch ausgedrückt. In Wahrheit ist es viel schlimmer. Wenn ich ein Regal zusammenschrauben will, habe ich ein Brett vorm Kopf. Doch das scheint nichts gegen die größten Bauprojekte unseres Landes. Diese werden, egal ob es sich um Flughäfen, Bahnhöfe oder Konzerthäuser handelt, immer – ab hier kennen wir den Text – deutlich später fertig als geplant. Lange mutmaßten Gutachter, es müsse an schlechten Planungen und unfähigen Architekten liegen. Aber weit gefehlt. Schuld sind die Humoristen! Die Satiriker unseres Landes sabotieren unsere Bauprojekte. In Berlin zog sich die Eröffnung eines Flughafens deshalb in die Länge, weil eine Schar von Kabarettisten und Komikern Nacht für Nacht auf das Baufeld schlich, um wie einst die Mauerspechte frisch errichtete Wände und Decken wieder abzutragen. »Dieser Flughafen darf niemals fertig werden«, forderte ein Satiriker energisch, »worüber soll ich denn Witze machen, wenn diese Gebäude und Hallen einmal errichtet sind?!«.

Inzwischen gibt es ein Schlafmittel für Humoristen, die Nacht für Nacht schweißgebadet durch einen Alptraum aus dem Schlummer gerissen werden. Sie träumten bislang davon, dass Politiker unter großem Tamtam Bänder durchschneiden und Maschinen das Rollfeld nutzen – eine Horrorvorstellung, wenn für den nächsten Kabarettauftritt die Themen ausgehen. Doch inzwischen scheint Ersatz gefunden zu sein, der den Komikern der Nation neuen Stoff bietet, den sie durch den Kakao ziehen werden. Die Regierung will alle Schulgebäude sanieren.

62. Fußballclub entlässt Fans

Jetzt ist es geschehen. Viele Experten haben es kommen sehen, aber nun ist es tatsächlich so weit: Der Fußball-Regionalligist Eintracht Taunusheim trennt sich von seinen Fans. Die Vereinsspitze macht das schlaffe und müde Erscheinungsbild der Anhänger im eigenen Fanblock für die jüngste Talfahrt verantwortlich. Das lustlose Herumstehen der heimischen Zuschauer sei die alleinige Ursache für die schlechte Performanz der Eintracht-Fußballspieler in den vergangenen fünf Spielen. Für das Taunusheimer Management ist die Sache klar: »Unsere Fans haben die Talfahrt mitausgelöst. Sie waren eher an Bier und Bratwurst interessiert als daran, uns anzufeuern. Fünf Heimspiele ohne Sieg sind nicht hinnehmbar. Deshalb mussten wir die Reißleine ziehen und den Vertrag mit unseren Fans auflösen«. Diese zeigten sich überrascht: »Wir können die Entscheidung von Eintracht Taunusheim nicht nachvollziehen«, schimpfte ein Anhänger. »Aber wenn wir vorzeitig gehen müssen, werden unsere Anwälte eine Abfindung aushandeln, die sich gewaschen hat!«.

Unterdessen denkt die Führung von Eintracht Taunusheim darüber nach, bis zum Saisonende Fans auf Leihbasis von anderen Vereinen zu verpflichten. »Bei Hertha Nassau sind gerade einige Fans vor die Tür gesetzt worden. Mit denen reden wir gerade über eine Interimslösung«, ließ sich ein Mitglied des Eintracht-Managements zitieren. Doch was ist mit der nächsten Partie am kommenden Sonnabend gegen Grün-Rot Taubenheim? Dem Vernehmen nach führt die Eintracht Gespräche mit dem benachbarten Kegelclub. Eventuell könnte dieser am Wochenende auf der Zuschauerbank sitzen.

63. Auf Befehl der Geräte

Menschen brauchen jemanden, dem sie gehorchen können. Früher schickte der Staat junge Männer zur Bundeswehr. Dort mussten sie die Anweisungen ranghoher Militärs befolgen. Einen freien Willen hatten die jungen Burschen nicht mehr nötig. Neuerdings kommen praktisch alle Männer und Frauen in den Genuss, keinen freien Willen haben zu müssen. Sie haben sich aus freien Stücken dazu entschieden, das Recht auf eine freie Entscheidung abzugeben und sich dem Diktat moderner Geräte zu unterwerfen. Ich beobachte es an mir. Mein Auto sagt mir, wie und wann ich einparken soll. Mein Auto schimpft mit mir, wenn ich mich nicht anschnalle. Mein mobiles Telefon rüffelt mich, wenn ich nicht genügend Schritte am Tag zurückgelegt habe. Den größten Respekt habe ich vor meinem Kühlschrank. Als ich mir einen Schokoladenriegel gönnen wollte, klemmte die Kühlschranktür und auf der Tür leuchtete die Schrift: »Du hast heute schon genug süßes Zeug gegessen, Du

Trottel«. Meine Waschmaschine ist jetzt in der Puber-
tät. Früher war sie niedlich und hat alles gewaschen,
was ich ihr in die Trommel geworfen habe. Heute hat
sie ihre Phasen und Launen und lässt einstmals weiße
T-Shirts beigefarben wieder aus der Trommel purzeln.
Am meisten jedoch gehorche ich meinem Smartphone.
Es spielt Apportieren mit mir. Das hat es von meinem
Hund gelernt. Früher konnte ich auf einer Hundewiese
einen Ball durch die Gegend werfen und mein kleiner
Kläffer hetzte diesem hinterher, brachte ihn mir wieder
und dieses Spiel wiederholte sich etwa 35 Mal. Ähnlich
funktioniert es mit meinem Smartphone, nur dass ICH
diesmal das Haustier bin. Mein kleines Mobiltelefon
fängt an zu piepen. Daraufhin hetze ich zu ihm hin,
streichle es, stelle keine Veränderung fest und lege wieder
acht Schritte zum Schreibtisch zurück. Dann leuchtet
mein mobiles Endgerät wieder. Ich stehe erneut auf, gehe
zu ihm hin und streichle es. Dies wiederholt sich gewiss
50 Mal am Tag. Ich apportiere gerne und hoffe, dass sich
mein Handy noch oft mit mir spielt.

64. Fasten vom Fasten

Es wird ernst. Die harte, entbehrungsreiche Zeit hat begonnen. Viele disziplinierte Mitmenschen üben sieben
Wochen lang Verzicht und fasten. Sie lassen Fleisch,
Schokolade, Torten, Alkohol, Tabak und sonstige Dinge
weg, die zu einem gewöhnlichen und gesunden Früh-
stück dazu gehören. In diesem Jahr bin auch ich dabei
und übe mich im Weglassen. Ich lasse das Fasten weg

und werde sieben Wochen lang auf das Fasten verzichten. So beginnen die Tage für mich mit einem Stück Schwarzwälder Kirschtorte, einem Apfelstrudel und einem Frühstückssekt. Zum Brunch mit Quarkplunder darf ein Interimslikör nicht fehlen. Und nach dem Schweinebraten mit Klößen zum Mittag folgen Kaffee und Kuchen am Nachmittag. Im Küchenschrank stehen für die Fastenwochen sieben Flaschen Glühwein und vier Flaschen Weißwein bereit. Auch von den drei Schuhkartons mit Schokoladentafeln darf bis zu Ostern nichts übrig bleiben. Für das Fasten vom Fasten habe ich meinen Jahresurlaub geopfert, um täglich vier Filme von der kuschelig-flauschigen Couch ansehen zu können. Täglich müssen drei neue Computerspiele getestet werden. Beim Fasten gilt es, konsequent zu sein. Offen gestanden freue ich mich aber auch schon auf die opulenten Mahlzeiten nach Ostern. Man muss einfach durchhalten.

65. Cheese – Spaghetti – und klick!

Ganz früher war den Menschen der Glaube an die Götter wichtig. Später in den 1990er Jahren standen Geld, Karriere und Erfolg ganz oben auf der Liste der Lebensprioritäten. Und heute dreht sich das Leben der Menschen darum, Fotos ihrer Mahlzeiten quer über den Planeten zu schicken. Wir wurden übrigens schon in unserer Kindheit darauf vorbereitet: Es muss einen Grund gehabt haben, warum wir Dreikäsehochs immer »Spaghetti« oder »Cheese« rufen mussten. Heute lichten wir die Nudeln und den Käse ab und schicken ihn über moderne Kommunikationspfiffikusse in ferne Städte und Länder. Das führt wiederum zu obskuren Szenen. Eine Mutter, deren neunjähriger Sohn auf Klassenfahrt war, rief besorgt zu ihrem Mann: »Unser Kind ist bestimmt schon verhungert!«. »Wie kommst Du darauf?«, wundert sich der Gatte. »Unser Kleiner hat seit zwei Tagen kein Foto von seinem Essen geschickt. Sicher fällt er bald vom Fleisch«. Auf einem Ärztekongress diskutierten Magenmediziner ein weiteres Problem. Unsere Bevölkerung nimmt seit Jahren nur noch kalte Nahrung zu sich. Jeder Braten, jedes Fischfilet und jeder Kartoffelberg wird zunächst fotografiert, wobei der Dampf zu sehen sein muss, das Licht den richtigen Einfallswinkel haben und die gezupfte Petersilie ein perfektes Muster ergeben muss. Bis sich der Fotograf endlich dem Verzehr widmen kann, ist das Gericht kalt. Deshalb fragen kleine Kinder heutzutage: »Opa, wir schmeckt ein warmes Schnitzel?«. Ich jedenfalls lichte dreimal täglich meinen Zahnpasta-Dip ab, den ich gekonnt auf die Bürste garniere. Für die Zahnpasta mit Erdbeergeschmack habe ich im Netz hohe Zustimmungswerte bekommen. Die benutze ich nur noch.

66. Vögel sind zum Piepen

Früher sagten die Optimisten: Er gibt für alles eine Lösung. Heute heißt es: Es gibt für alles eine App. Doch Menschen sind in dieser Hinsicht längst bedient. Der neueste Schrei sind Applikationen für Tiere. Zu Weihnachten habe ich meinem Kanarienvogel eine App geschenkt. Da es im Internet mehr gibt als in der realen Welt, habe ich nicht lange suchen müssen, um eine Taste mit Vogelgezwitscher aus der digitalen Götterwelt auf mein kleines Mobilgerät herunter zu locken. Es ist phantastisch: Eine Stunde lang zwitschern dort die Vögel um die Wette. Ich höre dieses Konzert so häufig, dass meinen Nachbarn nun endgültig klar ist: Bei dem piept's! Und dass ich einen Vogel habe, ist in unserer Wohngegend schon lange kein Geheimnis mehr.

Und nun kommt mein Untermieter ins Spiel. Einmal täglich spiele ich meinem Kanarienvogel eine Stunde lang das Vogelgezwitscher vor, damit er sich nicht so einsam fühlt. Er wird prächtig unterhalten, hört über die App Geschichten seiner Artgenossen aus der weiten Welt und genießt neue Impulse. Für meinen Vogel ist die App mit Vogelgepiepe wie eine Fernsehserie, mit der Einschränkung, dass er jeden Tag dieselbe Folge sieht. Ich hoffe inzwischen auf eine neue Staffel, um meinem kleinen Piepmatz etwas Neues bieten zu können. In letzter Zeit wird er nämlich schon aggressiv, wenn er nur das kleine Abspielgerät sieht und weiß, dass er nun wieder das Hörspiel über sich ergehen lassen muss. Ich werde nun nach einer Meditations-App suchen, damit sich mein Kanarienvogel wieder entspannen kann.

67. Panzer für Privatgebrauch

Die armen Großstadtbewohner. Sie können einem wirklich leidtun. Schließlich sind sie permanent Gefahren ausgesetzt. Aus einem Gulli kann jederzeit eine Killerratte auf die Straße hüpfen. Einbrecher laufen scharenweise dicht aneinander gedrängelt durch die Gassen und obendrein – das ist das Schlimmste – gibt es noch andere Stadtbewohner, die einem den Parkplatz wegschnappen möchten. Bislang versuchten sich die Großstadtmenschen mit so genannten SUVs vor den teuflischen Todesgefahren zu schützen. Doch die großen, wuchtigen Geländewagen reichen längst nicht mehr aus, um im raubtierähnlichen Big-City-Leben die nächste Fahrt zum Bioladen noch zu erleben. Aber nun ist Hoffnung in Sicht: Die Autohersteller bauen jetzt Panzer für den Privatgebrauch.

In meiner Straße sind schon sieben dieser Protzkarren beheimatet. Ich habe es längst aufgegeben, mich mit den Besitzern dieser Fahrsaurier um einen freien Stellplatz zu streiten. Das Kanonenrohr trotzt im Straßenverkehr dem Gegner zugegebenermaßen einigen Respekt ab. Erste öffentliche Parkhäuser für Panzer sind bereits geplant. Mittlerweile regt sich aber Widerstand gegen einige der Panzerfahrer. Ihre Fahrzeuge seien zwar ein zweckdienliches Mittel, um einen dicken Geländewagen auf Spielzeuggröße zu zaubern. Jedoch sei der Treibstoffausstoß nicht gerade umweltschonend. Deshalb soll es demnächst Zonen geben, in denen Panzer ohne Umweltplakette aus Naturschutzgründen nicht fahren dürfen.

68. Raucher-Seminar

Wer etwas auf sich hält, ist mutig. Und mutig muss man sein, wenn man seine Karriere nicht aufhalten möchte, weil man schließlich etwas auf sich hält. Von Marktanalysten kennen wir die Regel, dass ein Anbieter den Kunden etwas Neues bieten muss, um sich Gehör zu verschaffen. Er muss eine Marktlücke finden. Genau dies ist einem Beratergremium gelungen. Es bietet erste Seminare an mit dem Titel »So werde ich Raucher!«.

Trainings und Workshops, die die Teilnehmer zu Nichtrauchern machen, sind aus der Zeit gefallen. Der neueste Schrei sind Kurse, in denen man sich als Schüler zum kettenrauchenden Gelbzahn entwickelt. Gleich zu Beginn müssen die Teilnehmer binnen drei Stunden ihr erstes Päckchen inhaliert haben. Die Fenster müssen dabei natürlich geschlossen bleiben. Frische Luft wäre dem Seminarerfolg abträglich. Am Nachmittag kommt dann schon die ein- oder andere Pfeife dazu. Fans halten die Raucherseminare für eine zündende Idee. Und auch die Teilnehmer sind begeistert.

»Ich habe schon so oft versucht, mit dem Rauchen anzufangen«, jubelt eine Dame, »aber ich habe lediglich drei oder maximal vier Wochen durchgehalten – und schon fiel mir die Kippe aus der Kralle. Nach einem Monat war ich schon wieder im alten Trott. Das Raucherleben war vorbei und ich musste mich erneut mühsam an die Zigaretten gewöhnen. Doch jetzt nach diesem intensiven Tag bin ich zuversichtlich, für den Rest meines Lebens Raucherin zu blieben, um mit den anfallenden Steuern zum Wohle unserer Staatskasse beizutragen. Ich hoffe nur, dass ich keinen Rückfall erleide und wieder Nichtraucherin werde. Aber dafür gibt es ja nun Seminare«.

69. Hisst die Siegel!

Früher war es für Verbraucher sehr mühsam zu erkennen, ob ein Produkt gut war. Sie mussten es aufwendig benutzen, testen, benutzen, probeweise in der Hand halten, benutzen – und erst nach drei Wochen wussten sie, dass es sich beim erworbenen Produkt um Schrott handelte. Heute erkennen Verbraucher auf den ersten Blick, ob ein Produkt gut ist. Denn gute Produkte haben ein Siegel. Es ist phantastisch zu sehen, dass in unserem Land nur noch Qualitätsprodukte verkauft werden, denn der Handel bietet heutzutage kein Produkt mehr an, wenn es nicht mindestens drei Siegel hat. Auf einigen Packungen sind die Label so groß, dass Käufer gar nicht mehr erkennen können, welches Produkt da vor ihnen liegt.

»Opa, hast Du Brot oder Kuchen gekauft?« – »Keine Ahnung, ich kann die Schrift nicht lesen. Das Gütesiegel ist so groß«. Böse Zungen behaupteten ja, die Siegel seien eigentlich gar nichts wert, weil es zu viele davon gebe und die Verpackungen praktisch nur noch aus Qualitätsstempeln bestünden. Doch das ist Mumpitz. Denn mittlerweile gibt es für jedes Siegel ein Zertifikat, welches belegt, dass das Siegel tatsächlich aussagekräftig ist. Mit anderen Worten: Jedes Siegel ist durch ein Siegel zertifiziert. Hersteller können heute also gar keinen Ramsch mehr herstellen, denn haben sie erst einmal billigen Krempel produziert, kleben sie einfach ein Siegel drauf und schon handelt es sich um ein Qualitätsprodukt. Auch wir Humoristen sind echte Siegeltypen. Wir reißen auf der Bühne oder in Büchern Zoten – und kein Mensch lacht. Kleben wir aber ein Gütelabel auf unser Programm, halten sich Leser und Zuhörer die Bäuche vor Lachen. Da setzt man alle Label, äh… alle Hebel in Bewegung.

70. Vernetzte Geräte

Alles ist mit allem verbunden. Das sagen nicht nur meditierende Mönche seit 2.500 Jahren. Das stellt man auch fest, wenn man sich mit seinen Schnursenkeln am jeweils anderen Schuh verheddert. Und neue, technische Geräte sind ohnehin alle miteinander vernetzt. Das Smartphone steuert alles. Mit dem Smartphone werfen Leute zu Hause die Heizung ein, regulieren die Temperatur im Kühlschrank und schalten das Licht an. Doch bei mir geht es neuerdings auch umgekehrt. Ich reguliere mit dem Kühlschrank das Handy.

Wenn ich angerufen werde und mein Smartphone klingelt, reiße ich die Kühlschranktür auf und nehme durch diese Bewegung den Hörer ab. Die Worte, die ich dem Käse und der Butter entgegenrufe, erreichen via Vernetzung meinen Anrufer, der wiederum seinen Kopf in seine Mikrowelle steckt, um mit mir zu reden. Übrigens brauche ich das Smartphone nicht mehr, um Textnachrichten zu schreiben. Ich drehe am Heizungsknopf nach links und rechts und schicke so eine codierte

Nachricht, die übers Smartphone an den Empfänger weiter geleitet wird. Und wenn ich über das kleine elektronische Mobilgerät Musik hören will, muss ich nur den Staubsauger einschalten, der dann durch seine Aktivität den elektrischen Haartrockner im Badezimmer auslöst, welcher wiederum durch sein Fönen und Dröhnen die Zimmerleuchte einschaltet – und durch diesen Lichtimpuls spielt mein Smartphone meine Lieblingslieder. Bald erfinde ich eine Herdplatte, auf der man einen Knopf drückt, wodurch das Wasser im Topf aufhört zu blubbern. Aber die Technik ist noch nicht so weit.

71. Studiengang »Entenfüttern«

Das lebenslange Lernen werden wir Menschen nie wieder los. Wir müssen endlich kapieren, dass wir immer mehr kapieren müssen. Aber schließlich ist es besser, ausgebildet als eingebildet zu sein. Auch wenn manche Menschen schon so viel Wissen gebüffelt haben, dass sie gar nicht mehr wissen, wohin sie ihr Wissen noch tragen sollen. Gerade von rüstigen Rentnern, also denjenigen Genossen jenseits der 80, wird eine permanente Bereitschaft zur Fortbildung erwartet. Zwischen Renteneintritt und Bestattung passen immerhin noch vier Bachelorabschlüsse. Nun kommt ein fünfter Grad hinzu: Ein privates Weiterbildungsinstitut bietet jetzt für betagte Mitbürger den Studiengang »Entenfüttern« an. Wer diesen nicht belegt und erfolgreich abgeschlossen hat, hat künftig keine Erlaubnis mehr, in öffentlichen Parks den Enterich zu einem Fettwanst heranzuzüchten.

Im ersten Semester befassen sich die Teilnehmer mit der Größe und dem Durchmesser der Brotkrumen, die sie den Enten vor den Schnabel werfen. Die Anfänger dürfen noch ein Lineal mit Zentimetereinheit als Hilfe benützen, während die fortgeschrittenen Entenfütterer die kulinarischen Bällchen schon mit Augenmaß abschätzen und zurechtzupfen können. Im zweiten Semester steht die richtige Wurftechnik der Krümel auf dem Lehrplan, denn nur ein Brotkrümel, der im 45-Grad-Winkel vor des Enterichs Gefieder fliegt, wird mit Freude verspeist. In den höheren Semestern sowie in der Bachelorarbeit müssen die Studenten schon diskutieren, ob es für die Ente bekömmlicher ist, einen Brotklumpen ins Gras oder in einen Teich zu werfen. Verabschiedet werden die Bachelorabsolventen mit dem Seligspruch »Ente gut, alles gut«.

72. Kunst des Federschwingens

Es war ein Alarmruf, der nicht zu überhören war: Die deutschen Lehrer sind tief besorgt, und zwar darüber, dass immer weniger Schüler die Schönschrift beherrschen. Jugendliche, so die Klage, hämmern mit ihren Daumen ins Smartphone wie ein Specht gegen den Baumstamm oder wie früher der Morse-Operator. Die Kunst des Schönschreibens mit der Hand geht derweil verloren. Immer mehr Schüler hinterlassen eine Sauklaue. Dies aber hat immense Vorteile.

Verknallte Jugendliche in der siebten Klasse müssen schließlich keine Liebesbriefe mehr schreiben. Da das

Gekritzel der Schüler ohnehin niemand lesen kann, laden sich Verehrerinnen und Verehrer einen Standardliebesbrief aus dem Netz herunter, der zwar in Ursprungsform handgeschrieben ist, dessen Buchstaben aber nicht zu entziffern sind, sodass dieser Liebesbrief universell an jeden Schüler und jede Schülerin zugestellt werden kann. In Museen werden heute schon Einkaufszettel aus den 1990er Jahren ausgestellt und Archäologen erklären den Schulklassen: »Schaut mal, so leserlich haben Eure Vorfahren ihre Einkaufslisten erstellt. Damals konnten die Menschen noch mit ihren Fingern Buchstaben zu Papier bringen, die andere Leute erkennen konnten«. In Schulen und an Arbeitsplätzen wird heute ausschließlich auf digitale Weise getippt. Das papierlose Arbeiten ist angesagt, sodass Schüler heute – und das ist wirklich erschreckend – nicht einmal mehr Papierflieger basteln können. Lehrer, die sich ein Herz fassen, bieten neuerdings AGs an, um den Jugendlichen die Kunst des Papierfliegerbastelns nahe zu bringen. Ob sie so die digitale Revolution aufhalten? Das können sie knicken.

73. Kampf gegen Terror-Hühnchen

Als ich diese Meldung hörte, wurde ich grün im Gesicht. Mir wurde sogar übel. Viele Billighühnchen vom Discounter sind mit Keimen versetzt, gegen die selbst Antibiotika nichts ausrichten können. Wie kann das sein? Da zahlt man schon bewusst weniger für Hühnerfleisch als üblich und bekommt als Bonus noch ein paar Erreger als Präsent dazu. Jetzt werden staatliche Stellen aktiv.

Die gemeinen Terrorhühnchen, die ihre antibiotikare-sistenten Keime in die Welt und dem Verbraucher in den Rachen schleudern wollen, werden gejagt. Und zwar auf Schritt und Flügelschlag.

In einer ersten Maßnahme werden den hocherregenden Terrorhühnchen elektronische Fußfesseln angelegt. So können Bewegungsprofile erstellt werden und man weiß immer, wo sich ein gebratener Schläfer befindet. Der zweite Schritt der Sicherheitsbehörden besteht in stren-gen Auflagen. Die Terrorhühnchen müssen sich bis zu ihrem Verzehr einmal wöchentlich bei der Polizei mel-den. Dabei wird den revolutionären Tieren jeweils eine bestimmte Polizeidienststelle zugeteilt. Die Keimschleu-dern sind verpflichtet, an einem Ort zu verbleiben und einen Radius von 300 Metern nicht zu überschreiten. Der dritte Schritt bezieht die Sozialbehörde mit ein. Sie darf Terrorhühnchen nur noch Sachleistungen wie Kör-ner und Wasser zur Verfügung stellen. Unterstützungs-leistungen in Form von Geldzahlungen sind tabu. Dis-kutiert wird inzwischen auch darüber, die Putenschläfer zur Teilnahme an Integrationskursen zu verdonnern. Si-cher ist schon jetzt, dass der Schutz der Bevölkerung vor erregten Hühnern das Zeug zum Wahlkampfthema hat.

74. Ärger mit Schnursenkeln

Die Produktion von Schnursenkeln muss verboten wer-den. Auch ihre Nutzung muss unter Strafe gestellt wer-den. Schnursenkel sind für die Füß. Der UN-Sicher-heitsrat muss in seiner nächsten Sitzung die Existenz der kleinen Bändchen einhellig verurteilen. Es gibt keinen schlimmeren Zeitfresser als die dusseligen Schnürchen am Schuh. Schon das Anlegen dauert eine Ewigkeit. Kinder benötigen oft Jahre, um das Binden der Schleife zu erlernen. Jungen und Mädchen im Vorschulalter können längst ihre Lateinvokabeln hersagen, englische Filme verstehen und Apps programmieren, aber die Schuhe zuzubinden stellt eine turmhohe Überforderung dar. Noch verheerender als das Zubinden der Schuhe ist aber das Lösen, das Öffnen der beiden Senkel.

Ich erlebe es jeden zweiten Tag, wenn ich erschöpft von der Arbeit nach Hause hetze. Mit letzter, übriggebliebener Muskelkraft stemme ich mich mit einer Hand gegen den Türrahmen und will mit der anderen Hand mal eben flugs und hoppla-hopp am Senkel ziehen, um den Schuh aufzubinden. Dadurch aber ziehe ich den Knoten erst richtig fest. Jetzt kann weder die Detonation eines Blindgängers noch ein Torpedoangriff meinen Senkel aus der festgezurrten Lage lösen. Auf einem Bein humpelnd ziehe ich verzweifelt am Senkel und bemühe mich, den Knoten aus seinem Würgegriff zu befreien. Meine bessere Hälfte hat währenddessen das Abendessen zubereitet, den Abendkrimi gesehen, telefoniert und sich die Zähne geputzt. Sie gibt mir einen Gute-Nacht-Kuss, während ich noch immer humpelnd im Flur stehe und meinen Schnursenkel zu öffnen versuche. Nun ist mir klar: Der Schnursenkel hat seinen Namen deshalb, weil er mir auf den Senkel geht.

75. Invasion der Marder

Jetzt ist es aufgedeckt, das fiese Kartell. Die hinterhältigen Machenschaften der Autowerkstätten sind endlich ans Tageslicht gebracht worden. Die Pkw-Reparateure spenden Millionenbeträge für den Tierschutz! Da fehlen einem die Worte. Diese Millionenspenden nämlich haben einen teuflischen Kreislauf zur Folge. Erst überweisen die Autowerkstätten Unsummen an Tierschutzorganisationen, welche wiederum bundesweit bissbereite Marder aufziehen. Diese listigen, zur Kraft herangefütterten Tiere wiederum werden Nacht für Nacht auf Kabeljagd geschickt. Eine Armada von Mardern, herangepäppelt durch Tierschützer, macht sich zur Geisterstunde über Schläuche und Leitungen in Automotoren her. Und schwupps – sind die Auftragsbücher der Pkw-Reparaturhallen gefüllt. Gerüchten zufolge sollen in unserer Republik inzwischen mehr Marder Nachtdienste schieben als Polizisten, Krankenschwestern und Feuerwehrleute zusammengerechnet. Doch damit nicht genug. Ein Heer von Satirikern ist ebenfalls auf den Trichter gekommen. Die Humoristen dieses Landes spenden ebenfalls großzügig an Marderaufzuchtstellen, welche die Tiere dann an großen Bauprojekten aussetzen, um diese zu sabotieren. Ein architektonisches Leuchtturmvorhaben darf nie rechtzeitig fertig werden, stets müssen Marder mit ihren Beißerchen dafür sorgen, dass der Baufortschritt um Monate zurück geworfen wird und Satiriker damit ein Thema haben, das sie durch den Kakao ziehen können. Diese Taktik wird sogar schon in andere Staaten exportiert, und zwar unter dem Motto »Marder in Germany«.

76. »Folgen Sie mir unauffällig«

In der Kirche hört man die Wörter »Amen« und »Halleluja« öfter, als man im Fußballstadion das Wort »Tor« vernehmen kann. Es gibt aber einen urdeutschen Satz, eine durch und durch germanische Redewendung, die jeder Übersetzer und Fremdsprachenfuchs weltweit kennt. Wer einen Deutschen nach dem Weg fragt und das Pech hat, dass der Befragte in dieselbe Richtung geht, bekommt in 95 Prozent aller Fälle folgenden Ausspruch zu hören: »Folgen Sie mir unauffällig«. Wer so etwas zur Antwort gibt, kommt sich meist übermäßig kreativ und witzig vor. Probieren Sie es aus! Dieser Satz der Sätze hat es auch schon ins Lehrprogramm von Sprachkursen für Zuwanderer geschafft. Generationen von Einwanderern und Flüchtlingen pauken den Satz »Folgen Sie mir unauffällig« – für den Fall, dass sie nach dem Weg gefragt werden. Wer sehr spießig, verstaubt und altmodisch wirken möchte, antwortet einem Wegsuchenden etwa: »Folgen Sie mir, aber nur wenn sie laut jodeln« oder »Folgen Sie mir, aber bitte bellen Sie wie ein Dobermann«.

Ich selbst gehöre zur Fraktion der lässigen, coolen Draufgänger und habe den Ausspruch »Folgen Sie mir unauffällig« schon so häufig über meine Lippen hüpfen lassen, dass eine Tierart sich dies zu Herzen genommen hat: Im Herbst sind Wespen meine Follower. Egal wohin ich schreite, selbst wenn ich an der Tankstelle vier Schritte vom Zapfhahn zur linken Autotür getan habe, im Nu ist mir auf diesem Stück des Weges unauffällig eine Wespe gefolgt, um mir hinterher umso auffälliger um die Nase zu kreisen und mich in den Wahnsinn zu treiben. Demnächst werde ich meine Fans, die Wespen, wenigstens zum Jodeln auffordern.

77. Erste Blitzer für Fußgänger

Der Stress nimmt zu. Die Deutschen stecken so knietief in einer Terminmühle und durchleiden so viel Hektik, dass sie gar nicht mehr dazu kommen, sich gestresst zu fühlen. Früher konnte man der Hektik noch nachspüren. Heute fehlt für Hektik einfach die Zeit. Um die Bürger zu beruhigen, hat unsere Landesregierung reagiert und eine Höchstgeschwindigkeit fürs Gehen erlassen. In sämtlichen Fußgängerzonen unseres Bundeslandes sind Blitzer für Fußgänger aufgestellt. Wer zu schnell geht und mehr als einen Schritt pro Sekunde tut, muss sich zur Strafe wie beim Eishockey für zwei Minuten auf eine Bank setzen. Dabei ist es erlaubt, den Eishockeyspielern nachzueifern, schlecht gelaunt aus einer Sportflasche zu süffeln und auf den Boden zu spucken. Nach Ablauf von 120 Sekunden darf man seinen Fußmarsch fortsetzen. Einige Fußgängerzonen sind von Klebeboden durchzogen. Die Passanten bleiben auf der klebrigen Unterlage hängen und müssen viel Kraft aufwenden, um sich im Schritttempo fortzubewegen. Etliche Passanten haben auf dem Klebeboden zuerst die Schuhe und dann die Socken verloren, sodass man immer mehr Barfüßige durch die Städte unseres Landes balancieren sieht. In der Landeshauptstadt haben sich die Behörden, ihrerseits Profis für langsames, bedächtiges Handeln, etwas

Besonderes einfallen lassen, um rasantes Fußgängerflitzen zu verhindern. Die Fußgängerzonen sind mit Hindernissen zugestellt. Papierkartons, Eimer und kleine Gummihügel zieren die Gehwege und warten darauf, von Passanten überwunden zu werden. So ist der Stress bald Geschichte.

78. Smartphone mit Wählscheibe

Potzblitz! Wie ist das möglich?! Es versteht sich ja von selbst, das mobile Internet bis zu 23 Stunden am Tag zu nutzen, auch im Schlaf online zu sein, permanent neue Applikationen herunterzuladen und Käufe im Internet zu tätigen. Aber dass man dafür auch noch Geld bezahlen muss, das konnte nun wirklich niemand ahnen. Onlinekäufe, die Geld kosten, das wäre so absurd wie der Besuch beim Friseur, für den man als Kunde auch noch bezahlen müsste. Jedenfalls sind immer mehr Smartphonenutzer und Internetjunkies überschuldet, belegt eine Studie. Doch im kommenden Monat greifen Maßnahmen, die dazu führen sollen, dass das Onlinevolk sein Geld achtsamer ausgibt.

Schon bald kommen die ersten Smartphones mit Münzeinwurf auf den Markt. Die kleinen, mobilen Geräte haben einen Schlitz und für jede Datei, die heruntergeladen werden soll, muss der Nutzer 20 Cent in den Schlitz werfen. So wird das Bewusstsein des Kunden dafür geschärft, dass er gerade Geld ausgibt. Denn ein Kunde, der Geld zahlen muss, ist für viele Verbraucher nicht vorstellbar. Die viel weiter reichende Erfindung wird uns aber in zwei Monaten aus den Verkaufsregalen anlächeln. Dann sollen die ersten Smartphones mit Wählscheibe in die Läden kommen. Auch in diesen Fällen soll die Achtsamkeit geschult und das Tempo während der Smartphonenutzung gedrosselt werden. Die Wählscheibe wird über ein Verbindungskabel an das Smartphone angeschlossen und schon ist es möglich, jemanden anzurufen. Dies erfordert natürlich Zeit. Bis der Nutzer eine Telefonnummer auf der Wählscheibe eingegeben hat, ist eine neue Eiszeit angebrochen. Dann kann man beim Versandhändler neue Heizdecken bestellen.

79. Vegetarier-Kurs für Wölfe

Wölfe haben ein Problem. Sie geraten immer wieder mit Schafen in die Wolle. Und das alles nur wegen ihres Geschmacks. Wölfe lieben nun einmal Lammfleisch. Wenn Menschen gerne Lamm essen, ist das natürlich kein Problem. Mit dem Lammkonsum von Menschen lässt sich schließlich Geld verdienen. Aber Wölfe zählen eben nicht zu den zahlungsfreudigsten Zeitgenossen. Ihre Trinkgelder sind wirklich mies. Und es kommt noch dicker: Einige Wölfe fressen den Landwirten nicht nur sämtliche Schafe und Rinder weg, ohne ein Trinkgeld zu hinterlegen. Sie bezahlen noch nicht einmal das konsumierte Fleisch. Doch jetzt nehmen die Landwirte die Sache selbst in die Hand: Nein, sie knallen die Wölfe nicht ab. Sie bringen ihnen fleischlosen Konsum bei. Ein Wolf wird in kurzem Prozess gefangen genommen, auf

einer eingezäunten Wiese gehalten und ein Landwirt we-
delt mit einer Paprika, mit einer Aubergine oder einem
Apfel vor der Schnute des Tieres herum. Schnappt der
Wolf zu und vertilgt das Obst oder Gemüse, bekommt er
aus der anderen Hand des Landwirts zur Belohnung ein
Leckerli, wahlweise eine Frikadelle oder eine Bratwurst.
In einem zweiten Schritt werden Wölfe in Trainings-
lagern auf den Geschmack von Süßigkeiten gebracht.
Dann plündern sie zwar Dount- und Muffinläden. Aber
Schäfchen und Kälbchen lassen sie künftig in Ruhe.

80. Warum Pförtner Gänse lieben

Es gibt ein Naturgesetz, das Menschen dazu bringt, in
bestimmten Situationen bestimmte Sätze zu sagen. Da
ist Widerstand zwecklos. Die Worte purzeln einfach
über die Lippen, ohne dass man dagegen etwas unternehmen kann. Wer als Radiomoderator arbeitet, den
zwingt die Natur dazu, permanent auszurufen »Mehr
dazu gleich«. Selbst wenn ein Radiomoderator nach
Hause kommt und von seiner Frau gefragt wird: »Wie
war Dein Tag?«, entgegnet der Hörfunkmensch: »Mehr
dazu gleich«. Auch Sportreporter überwältigt die Natur.
Sie lässt Fußballkommentatoren ihre Nase in die Höhe
recken und ein bestimmtes Wort plärren, nämlich den
Terminus »Möglichkeiiiiit!«. Wer wiederum ganz tief in
die Fänge einer Police gerät und den Job eines Versiche-
rungsagenten übernimmt, der lässt wie ferngesteuert den
Satz »Ich hatte gerade vor zwei Wochen wieder einen
schlimmen Fall« herbeten, worauf eine Horrorgeschichte

über einen im Kühlschrank erfrorenen Hammer folgt. Auch Politiker in Untersuchungsausschüssen werden von der Natur übermannt. Wie aus der Pistole geschossen bellen sie jedem den Satz »Ich kann mich nicht erinnern« ins Gesicht. Und wer Pförtner wird, spricht während seiner Arbeitszeit immer von Gänsen. Als Pförtner sagt man zu jedem zweiten Besucher: »Gänse durch«.

Zugabe 1: Belehrung

Vermeiden Sie Aufzählungen! In Vorträgen, Fachartikeln oder in Postings im Internet sollten Sie niemals mehrere Punkte aufzählen. Aus folgenden Gründen.

1. Sie vereinfachen alles.
2. Sie verkomplizieren alles.
3. Manche Punkte sind widersprüchlich.
4. Manche Punkte wiederholen sich.
5. Manche Punkte wiederholen sich.
6. Punkt 6 und 7 werden oft verwechselt.
7. Punkt 7 und 6 werden oft verwechselt.

Zugabe 2: Welch ein Gedicht

Kannst Du täglich einmal schmunzeln,
brauchst Du nicht die Stirn zu runzeln.
Es stimmt: Humor löst kein Problem.
Doch mit ihm lebt sich's angenehm.
Humor ist wichtig wie das Grüßen.
Ein Witz kann den Moment versüßen.

Über den Autor

Philipp Kauthe, geb. 1984, ist Journalist und Humorist. Er berichtet seit mehr als 20 Jahren im Radio über Aktuelles, trat als Kabarettist im Fernsehen auf und hält heute vergnügliche Vorträge, etwa über Humor und Smalltalk. Er produziert Podcasts, wurde via Fernstudium zum Politologen und schrieb bereits die Bücher »Wie Johanna wieder fröhlich wurde« sowie »Kleine Schule des Humors«. Philipp Kauthe isst sehr gerne Käsekuchen.

Schauen Sie doch mal auf seine Homepage. Diese befindet sich im Internet.

Die Adresse: www.philipp-kauthe.de

Foto auf dem Buchcover:
Patricia Dries Photography
www.patriciadries.de